长安久乐

纪念长乐建县1400年

中共长乐区委宣传部
福州日报社
长乐区文学艺术界联合会 编

海峡出版发行集团
海峡文艺出版社

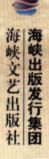

《长安久乐》编委会

顾　问　张　帆　廖海军　陈滨峰
策　划　郑子毅　金麦子

主　编　陈剑锋　万小英
副主编　高礼榕　余少林
编委会　郑秋桂　林　剡　高礼榕　陈剑锋
　　　　万小英　林秉杰　余少林　鄢秀钦

序

长安久乐，是长乐

福州是"有福之州"，最初有闽县、侯官两个属县，长乐是1400年前从"闽县"分出来的，名曰"新宁"，同年改名"长乐"，取"长安久乐"之意。福州引以为傲的福山——董奉山，就在长乐境内。长乐沿江靠海，是海上丝绸之路的重要节点，是郑和七下西洋的伺风开洋地。如今，传承弘扬"3820"战略工程思想精髓，占尽山海优势的长乐，正在谱写加快建设现代化国际城市领航区、全力打造现代化长乐国际航城的辉煌篇章。

历史时空

长乐在历史时空中经历了几多沧桑之变，分别以多种面目呈现。

唐武德六年（623），置新宁县，县治在敦素里平川上（今古槐镇），隶属于泉州（今福州），同年改名长乐县。圣历二年（699），析长乐县南部八乡置万安县（今福清），所辖陆地面积545.5平方千米。景云二年（711年），改泉州为闽州，长乐县属闽州。上元元年（760），长乐县治迁到吴航头（今吴航镇）。元和三年（808），长乐县并入福唐县（今福清）。元和五年（810），复置长乐县。

五代后梁乾化元年（911），改名安昌县。后唐同光元年（923），复名长乐县。后唐长兴四年（闽龙启元年，933），闽王王延钧称帝，长乐县改名侯官县。后唐清泰二年（闽永和元年，935），复名长乐县。后晋天福六年（闽永隆三年，941），改名安昌县。翌年，复名长乐县。

明洪武六年（1373），松下从福清县（今福清市）划归长乐县管辖，陆地面积增加2平方千米，为长乐增添了一个深水港。

1934年7月，长乐县隶福建省第一行政督察区，为该督察区专员公署驻地，将闽侯县的高详、光俗、至德、钦仁、绍惠、江左六里地域划归长乐县管辖，立分界碑于太岁坑，陆地面积增加了112.5平方千米。至此襟江带海格局完备。

1994年2月，长乐撤县设市。2017年11月6日，长乐撤市设区，以原长乐市的行政区域为长乐区的行政区域。

五港齐聚

历史上，长乐因海而闻名，因海而兴盛。长乐别称"吴航"，简称"航"，由此可见与江海的渊源。据史书记载，春秋战国时期吴王夫差和三国东吴孙皓曾在此造船，从此留下"吴航"之称谓。

明代伟大航海家郑和率领庞大的船队驻扎长乐太平港伺风开洋，这是当时世界上规模最大的舰队，也是中国古代历史上海军建设的巅峰。从明永乐三年到宣德八年（1405-1433），郑和七次下西洋，到达西南太平洋、南亚、印度洋、东非等地，历经30余个国家和地区，最远到达红海和非洲东海岸的索马里和肯尼亚。因此，长乐海港为世界所认知。郑和奋力推开了一扇窗，造就了长乐先民开放拼搏的胸襟。

如果说海港是上天赐予长乐的天然优势，那么，福州长乐国际机场的建成就是改革开放为长乐的腾飞插上了翅膀。

福州长乐国际机场于1997年6月23日正式通航，目前是"海上丝绸之路"门户枢纽机场，是首批对台空中直航点，并且是福建省仅有的两个国际机场之一，能够直航纽约、巴黎等主要国际城市。

长乐拥有闽江口内港、国际邮轮港口松下港，沈海高速、机场高速穿境而过，福平铁路、长平高速、福州东南绕城高速、地铁6号线等大通道共同构建起现代化海陆空立体交通网络。

现在的长乐拥有空港、海港、河港、路港和信息港，"五港齐聚"。

文明之城

长乐以其人文鼎盛享誉八闽。从"杏林春暖"的董奉、创立"百丈清规"的怀海大师，到现当代的郑振铎、冰心，长乐人创造了"闽都文化"最辉煌的篇章。

源于书院文化的启蒙。在漫长的历史长河中，长乐的大部分地域浸漫在茫茫海水之中，那时的长乐人生存空间极其有限。在以农为本的自然经济社会形态下，这种地域特征促使部分长乐人通过耕读走上了求取功名的道路，唐、宋、明、清时期，长乐共有11名状元、955名进士，成为福州乃至全国翘首。其中有名的书院首推长乐方安里筹峰岩的"德成书院"，林慎思兄弟五人在此读书，先后都中了进士，被誉为"五子登科""五桂联芳"，他的乡里也被敕封为"芳桂乡"

"大宏里",一时传为佳话。林慎思是唐中晚期著名的政治家和思想家,也是福建历史上第一位教育家。他是福建文化发展史上的一个重要标志,此后福建从蛮荒时代进入文明时代。在南京江南贡院的《中国状元题名碑》《中国状元题名录》中,均标榜林慎思的名讳,推崇他为福建历史上第一位状元。但是准确地说,林慎思应该是"宏词拔萃魁",即博学宏词科的第一名,其含金量比进士第一名更高。再如姚坑"明教堂",南宋时培养了三个状元:姚颖、姚勉、陈文龙,"三元台"享誉古今。朱熹过化长乐,留下许多胜迹,如三溪的"紫阳书院",潭头二刘村"晦翁岩"的"龙峰书院"中有朱熹上课的"朱刘讲席",还有朱熹高足刘砥、刘砺的"读书处"。明初东关的"东溪精舍",陈洵仁培养了十个学生,其中马铎、李骐中了状元,陈全中了榜眼,其他几位也都成才,成就之高全国罕有其匹,足见尊师重教文明尚学蔚然成风。

仰仗祠堂文化的浸润。慎终追远,不忘根本,祠堂文化是乡土文化的根。长乐人多为从河南一带南迁的居民,以陈、林、黄、郑、李、张等姓居多,建有大小祠堂、宗祠几百座。祠堂文化作为我国传统文化之一,其历史悠久,几乎贯穿我国各个历史时期,它维系着家族、宗族之间的感情,成为人们乡愁的寄托。拜祖先、修宗谱、传承优良家风、陶冶优良品格,是祠堂主要功能。长乐最早的祠堂当属林慎思祠堂,唐广明元年(880),黄巢攻占长安,田令孜挟帝奔成都,当时名流自顾不暇,慎思却领官兵迎战,力尽被擒,委官不受而死,归葬于渡桥大墓山。唐天子旌其间为"儒英忠义",诏立忠贤祠祀典,于是长乐林氏都奉"忠义"为正溯,称"忠义林",以"在家尽孝,为国尽忠"为家训,涌现许多历史名人。在江田有一座南阳陈氏祠堂,这是省级文物保护单位,神龛前有一副御赐对联:家传孝友、世笃忠贞。这是明成祖朱棣表彰陈氏族人在抗元斗争中毁家纾难所做的牺牲和贡献。在抗日战争中，江田人民秉承祖训，不怕牺牲，奋勇杀敌，创立伟大功勋。再加上修族谱、建牌坊、挂牌匾等举措，良好的家风得以传承发扬。

成于醇厚民俗的培育。长乐有着醇厚的民风、丰富的信仰文化。从主流来看，长乐人心目中看重的是爱国爱民的英雄，白马王庙、泰山宫比比皆是，祭祀的是为民除害的英雄。这里的妈祖信仰十分普遍，很多寺庙把她与观音菩萨共祀。长乐人还特别看重本地的英雄，江田有三忠祠和173名抗元烈士墓，古槐屿头有高应松祠，玉田东渡有杨梦斗祠，阜山有陈文龙祠，纪念的都是保境爱民的英雄人物。长乐人也没有忘记郑和，在漳港显应宫还有他的塑像。长乐人看重端午节超过了中秋节，划龙舟吃粽子，还有三溪龙舟夜渡，以纪念屈原。每当过年很多地方都有游神的习俗，人山人海煞是热闹。众多神祇因为年代久远可能说不上名号，但是长乐人要的是这种情怀，纪念的是那些为民造福、舍生取义的英雄，培植自己的浩然正气。

华侨之城

长乐地处江海之间，造就了长乐人驾海搏浪、永立潮头的"能拼会赢"的开拓精神。由于地少人多，许多人漂洋过海、闯荡四方。早在唐末五代，就有王彦英举家浮海避难新罗(今朝鲜南部)。南宋时期有漳坂人谢升卿入赘安南（越南），宝庆元年(1225)被立为安南王。改革开放以后，长乐移民、留学和劳务出国的人数日见增多。他们为侨居地的经济和社会发展奉献聪明才智，也为长乐的家乡建设做出重大贡献。

明代经商吕宋岛（今菲律宾）的陈振龙，堪称其中的佼佼者。史载万历年间，福建沿海久旱不雨，水稻绝收，百姓苦不堪言。陈振龙闻讯后，心焦如焚，他不顾番邦禁令，把原产地的番薯秘密绞入吸水绳中，绑在船舷两侧，千辛万苦，劈风斩浪，偷偷运抵福州，并大力加以种植推广。从此，这种耐旱、速生、高产的粮食作物就大大缓解了八闽的粮荒。对陈振龙的引种义举，当代诗人郭沫若赋词曰"此功勋当得比神农"，把他与尝百草、种五谷的神农氏相比拟。福州人感念他的大功大德，在乌山上建起"先薯亭"以志纪念。

如今，长乐的华侨华人已分布世界，达到75万人，其中大部分定居在美国，还有的定居加拿大、澳大利亚以及欧洲各国，甚至有的远赴非洲、拉丁美洲开超市、办工厂。他们用血汗钱回馈家乡，投资家乡。长乐南北乡到处可以见到美轮美奂的学校、礼堂、公园等，不少为华侨捐资所建。

红色之城

长乐拥有丰富的红色资源，1928年4月就建立了中共玉田、桃源支部，1931年12月又建立了中共龙田支部。

1936年秋，在福清海口行医的陈亨源，由中共福清中心县委副书记陈金来介绍入党。抗日战争爆发后，中共福建省委决定成立中共长乐工委，由陈亨源任书记，开辟以南阳为中心的革命根据地，建立抗日武装。

1941年4月19日，日寇沦陷长乐，继而占领福州。陈亨源领导的共产党游击队三打伪军二败日寇，联合以地下党员刘润世控制的国民党抗日武装成立长乐抗日游击总队，在琅尾港打了一场漂亮的伏击战，一举歼灭了日军马营司令中岛大佐以下42名敌军,大大鼓舞了民心。随后,长乐抗日游击总队发展到千人以上,长乐成为闽海抗战中心。

省委突出重围,毅然转移至闽中地区的永泰、德化等地山区继续领导全省抗日反顽斗争,1944年9月至1945年6月再经辗转秘密迁到南阳。南阳位处长乐与福清交界,群岭叠嶂,便于隐蔽和防守,有与敌人回旋的余地;又靠近福州中心城市,利于与全省革命组织取得联系和及主动对放出击。中共闽中特委、福清中心县委机关及其武装队伍也先后进驻于此。艰苦的生活、残酷的斗争,没能阻挡中共福建省委前进的步伐。尽管机关因险情频繁转移,但他们仍然始终高举鲜艳的红旗,领导全省革命力量开展卓绝的斗争,使队伍不断得到扩大,迎来最后的胜利。

南阳这块红土地上,有"中共福建省委旧址",有闽中抗日游击队司令部驻守的岩洞,有巍峨的烈士陵园,有长乐革命史馆等,是爱国主义和革命传统教育基地。

绿色之城

昔日长乐沿海风沙肆虐,绿化造林成绩显著,20世纪60年代,沿海一线培植了66.75千米的防护林,联合国林业组织誉之为"绿色长城",先后通过沿海防护林体系建设部级达标验收和福建省绿化达标验收,被林业部授予"全国平原绿化先进单位"。

绿色,是城市的生态符号,也是城市的一张名片。长乐区坚持生态文明理念,努力把长乐建成一个多类型、多层次、多功能、城乡一体化的生态园林系统,推行"河长制""林长制",提升城市生态环境,倾力打造"绿色人居"家园。走进长乐,我们仿佛走进了秀丽的园林，南山公园、洞江湖公园等几十个城市园林景观，犹如一颗颗璀璨的宝石，镶嵌在吴航大地上。

除了打造"绿色人居"家园外，长乐还结合山水自然优势，把旅游的概念融进闽江沿岸、闽江河口湿地、乡村园林公园的改造提升中，打造闻名遐迩的旅游景点。如今，长乐将文旅融合发展的理念融入城市发展之中，做好"海滨城市，山水城市"文章，使长乐呈现出绿意盎然、山水辉映、城景交融的壮丽景观。这些林木正以绿色的葳蕤，向远方延伸，汇成蔚为壮观的绿色林带，拱卫着这座瑰丽的滨海之城。

现代之城

长乐素有"鱼米之乡"之称，但是在相当长的一段时间里却百业凋敝、进步迟缓。改革开放后，这里一跃成为一个富饶美丽的海滨之城。特别是近30年来，长乐坚持"东进南下、沿江向海"的城市发展思路，坚持一张蓝图绘到底、一任接着一任干，积极融入发展大局，砥砺奋进、步履铿锵。

长乐的发展是从星星之火的"草根工业"到燎原之势的民本经济，在长乐域内拼搏的吴航儿女，也充分展示着"敢为人先"的创新精神，他们敢于走前人没有走过的路，做别人没有做过的事，创造"无棉之乡筑千亿纺织之城，无矿之地铸千亿钢铁之城"的工业神话。在域外同样活跃着长乐人勤劳拼搏的身影。据不完全统计，长乐企业家在全国30多个省、自治区、直辖市创办了上万家企业。近十年来，长乐居全国综合实力百强、福建省十强、全省城市发展"十优"，交出了亮眼的成绩单。

一路向海成为长乐未来发展的新引擎。正在崛起中的滨海新城核心区位于长乐中南部黄金海岸地带,靠山面海,面积86平方千米,由滨海新区、滨海工业区和滨海旅游区三大功能区组成。可以说,滨海新城的启动建设,直接决定了长乐未来的发展空间,是长乐未来城市形象的代表与缩影。为此,在建设滨海新城的过程中,长乐以生态环境建设为切入点,按照"把海露出来,把地绿起来,把景美起来"的思路,致力于在省会南大门建设一个基础设施完善、区域布局科学、生态环境优美、产业结构合理的滨海生态城。

同时,长乐牢牢抓住数字中国建设峰会机遇,高质量发展的动能不断积蓄。

随着纺织产业与互联网、大数据、人工智能的深度融合,长乐的纺织产业逐渐从"长乐制造"走向"长乐智造",跻身全国县级纺织产业三强,先后被授予"中国纺织产业基地""全国纺织模范产业集群""全国纺织行业创新示范集群""中国经编名城""纺织产业集群创新发展示范地区""全国超千亿产值纺织产业集群地区"等荣誉称号,奠定了纺织业国内领先地位。

长乐依托中国东南大数据产业园,引入中电数据、数字云计算、贝瑞基因、网龙网络、湛华科技、达华智能等龙头企业,初步形成"云大物智链"新一代信息技术集群;同时,精准医疗、平台经济、网络视听等现代服务业项目和产业园区项目也纷纷落户,促进大数据与相关行业融合发展。如今,产业园已是全省规模最大的大数据产业集聚区之一。

规划建设五大数据中心,长乐已建及规划建设机柜超6.5万个,是全省集中度最高、规模最大、标准最高的数据中心;云计算数据中心被工信部列为2021年国家新型数据中心(大型数据中心)典型示范案例；国家工业互联网标识解析二级节点（福州）解析量突破1亿次，标识注册量突破4000万。

在全力推进传统产业转型升级的同时，长乐聚焦新兴产业，培育新动能，阿石创、福米智能制造产业园等项目建设快马加鞭，为产业发展注入强大后劲；抢抓"双碳"战略中产业布局调整机遇，推广"零碳工厂"，发展雪人氢能、海上风电等绿色能源产业，抢先获取可持续发展的"绿色通行证"。

在新材料领域，长乐力争培育功能性新材料世界级产业集群，加快恒申改性工程塑料、永荣功能性绿色超纤产业园项目建设，持续培育壮大电子化学品、电子特气、再生纤维等功能纺织新材料，积极引导福建大东海实业集团有限公司等千亿级"链主企业"，深耕绿色精品功能性冶金新材料领域，立足域内外钢铁企业规模优势，在购销供应链平台建设上发力，加快海峡冶金供应链平台等项目落地。

风起，就要扬帆，乘势，定能快上。有着1400年历史的长乐向海而生，再续辉煌。

长安久乐，是长乐！

编者

2023年10月

目 录

乐山乐水

3　　伟哉，董奉山　　／林山

10　　晦翁岩·德成岩·二刘村纪游　　／马照南

18　　郑和下西洋与长乐远洋　　／姚俊忠

25　　长乐向海600年　　／余少林

33　　河口湿地的"蝶变"　　／朱谷忠

41　　乐水向海　　／景艳

不亦乐乎

49　　九头马古民居：惊叹与迷雾　　／石华鹏

55　　琴剑变奏曲　　／万小英

62　　南阳魂　　／林思翔

74　　梅花镇的春天　　／林朝晖

81　　千年府第街　　／鄢秀钦

津津乐道

91　　八尺薯藤，一念众生　　／黄文山

97　　"修身"为本，"算学"为用　　／鲁普文

102　　不为良相，愿为良医　　／祝熹　路漫

110 　百丈怀海与长乐佛教　　／孙源智
116 　冰心与长乐　　／王炳根
127 　向着光明前行　　／简梅
135 　先生是为鸟儿写谱立传的长乐人　　／墨黑
141 　吴航名贤，长乐人杰　　／黄须友

乐在其中

149 　风过长乐　　／曾建梅
159 　故乡来电　　／万小英
166 　铺陈在乡村大地上的幸福画卷　　／郑艳玉
174 　这是一片热土　　／土芬

乐观其"城"

185 　这座城最澎湃的"心跳"　　／余少林
193 　"织"此花开，"钢"好遇见　　／黄鹤权
204 　为有源头活水来　　／林晓敏
210 　那些挽救生命的日子　　／杨国栋
218 　千年古邑，教育崛起　　／郑章容
225 　展翅高翔正当时　　／吴桦真
231 　沿江向海，多港齐发　　／冯雪珠
236 　长乐，山欢水笑的地方　　／张茜

乐山乐水

长安久乐

长乐
CHANGLE

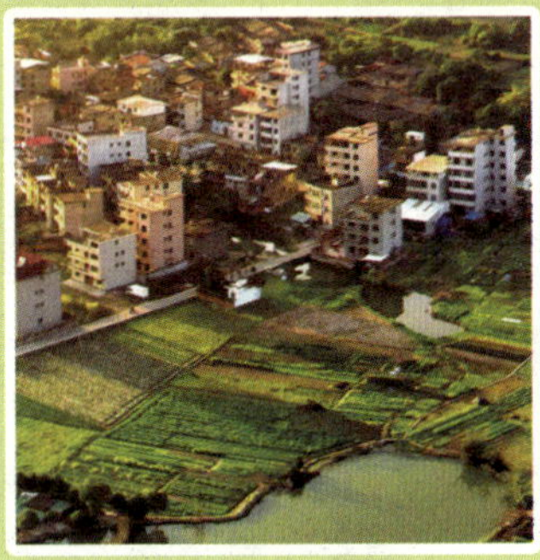

伟哉，董奉山

● 林 山

这是一座姓"福"的大山，绵延在长乐区古槐，古称长乐东岳，恰似致敬长乐建县1400周年的贺匾："幸福长乐"。

"山不在高，有仙则名。"唐代诗人刘禹锡的千古名作《陋室铭》，开篇就像为这座山写的。确实，五百多米的海拔，不算高。也确实，这山非常出名。李拔说鼓山出名，是因为有古来贤人过往并留下摩崖题刻。而这座山的出名，还真是因为"有仙"。翻开《郡国志》这本记录东汉以来地理情况的志书，就说此山上"有神人披发裸身，见者获福"，因名"福山"。

这"福山"可不简单，没有它，"福州"就不姓"福"了。清乾隆年间成书的《福州府志》中有：福州建置在景云二年，改为闽州都督府。开元十三年（725），又改为福州都督府。并引《元和郡县志》说改名的依据是"因州西北福山为名"。

神奇的是，福州有"福山"，还有"寿山"。从地理位置上看，福州城如巨人，一条扁担挑起的满满两筐，就是福山和寿山。福如东海，是人们对幸福生活的向往，是对美好生活的冀望。仁寿如山，是人们对幸福长久的祝愿；"福寿双全"是中华传统文化中"福"的理想境界，福州则是"福寿双全"之地。

福州得名的百年前，唐朝武德六年（623），闽县分出部分地域设置新宁县，县衙就安在古槐，于今整整1400年。

当然，我们现在到长乐古槐，是找不到《元和郡县志》说的"福山"的。乾隆《福州府志》在按语中告诉我们，"福山，今名董峰山，属长乐县"，还具体说明："董峰山，在县东南建贤里，旧名福山。"也就是说，270年前，福山已经改名董峰山了。《福州府志》说董峰山"中有董岩，相传汉仙人董奉居之"。明代林鸿有《董岩》诗："吾尝慕康乐，爱人名山游。名山不易得，何必谈瀛洲。董峰高峨峨，仙子居上头。白鹤去不返，黄茅翳丹邱。下接渤澥流，上接白云浮。阴壁耀海日，寒枝挂猕猴。幽寻岂不远，逸兴随去留。仙人未可期，空山春复秋。"这里把福山有神人的典故，华丽转身化成仙人居董峰了。

但是，我们今天到古槐龙田，也没能看到董峰山。可以仰望的巍巍大山，是董奉山。

董奉山绵延十多里，青葱郁绿，奇岩怪石，溪流清响，是清幽胜地，民间有"一旗二鼓三董奉"之说。站在福州城北的镇海楼，沿城市中轴线八一七路向前看：左右是鼓山和旗山，是与脚下的屏山鼎立的于山、乌山，前面是横案吉祥山，再往前是烟台山、高盖山，跨过乌龙江是案山五虎山，再就是福山董奉山，越过海峡就是宝岛玉山，再往前则是辽阔的太平洋了。如此山形水势，风生水起，不得不说古城形胜福州静好。

长乐区只有董奉山这个国家级森林公园，由董奉山、竹田岩和腊溪源三大景区组成，规划面积1.205平方千米，有董岩、蛤山、定山、三司塘、龟峰、清公岩、葫芦洞、石床仙迹、止潮石、乌字石等，以"名山、秀水、茂林、古木、奇岩"等自然景观闻名。宋韩常卿有《董奉山》诗："丹灶棋枰去不收，未知踪迹为谁留。烟霞空扫樵人径，松桧重阴古寺楼。怪木化龙雷雨后，碧波涵月镜潭秋。辽东望断无归鹤，山自嵯峨水自流。"乡里文人还命名出十景：竹林讲席、董拔丹炉、三台插汉、七星临乡、魁石凌云、建林飞瀑、鬼洞钟灵、仙人留迹、龙井通潮、豹岩俯海等。

董奉山，不简单。因为有"仙人董奉"，或为纪念医仙董奉，谐音把董峰山就叫作成董奉山了。

董奉是东汉建安二十五年（220）生人，字君异，号拔墘。那时这里是与新宁县同时从闽县分出设置的侯官县属董厝里，又叫董墘村。现在这里是龙田村董厝自然村，村里古厝"杏林房"大宅的天井，有左右两个条石垒就的梯形水池。其中有副石刻楹联：杏林春雨足，濠井晓波清。

董奉幼年时，正是三国争雄、瘟疫频发时期。他出生前的三年，"疠气流行，家家有僵尸之痛，室室有号泣之哀。或阖门而殪，或覆族而丧。"（曹植，《说疫气》）这也是道教萌发成长的重要时期。起先，董奉先在侯官县衙当差，不久后以"不为良相，便为良医"的儒家济世理念，回乡拜村后山上福山观的老道为师，了解草药中药、学习养生治病，他和师父为百姓救死扶伤，远近求医问药"见者获福"。

董奉学了师父的本领，离开家乡，云游四方，寻师问道，治病救人。《历世真仙体道通鉴》卷十六记载，董奉精于道教内外丹，善于占卜问卦，长于神仙方术。他成名后，沿闽江一线行医，翻过武夷山脉，来到江西，曾经到过两广、越南一带，后设太乙馆于庐山下，常年为老百姓治病。《庐山志》记载：浔阳城东门通大桥，常有蛟，为百姓害，董奉治之，少日见一蛟死浮出。传说，一县令的女儿得了怪

董奉草堂（赵马峰 摄）

病，延医求药都无效，后来被董奉治好了，县令就把女儿嫁给他了。

据《大越史记全书》载，当时交州刺史吴士燮病得不行了，昏迷三日不醒，急忙请董奉来看。董奉拿了三颗药丸，放到吴士燮的嘴里，用开水灌下去，并抱着他的头，摇来晃去。就这么一番折腾，他的眼睛慢慢就睁开了，手也可以动了，脸色也逐渐恢复正常。半天后，吴士燮就能坐起来，四天后能说话了，吴士燮的病就这样被董奉治好了。

董奉医德高尚，治病救人不求报酬。他所治愈的病人，自然都要感恩答谢，但他只让人种植杏树表达心意，视病情轻重，种杏一株或者数株。就这么日积月累，成就了一片杏林。杏子成熟时，董奉在杏林里搭了个草棚存果。人们想要杏，可用谷子来换，换来的谷子，他拿去赈济贫穷。

因为董奉的医德仁心，在民间口碑绝佳，"杏林"就成为中医的雅称。而称誉医术高尚的"杏林春暖"典故就来自董奉和他的杏林。王维《送张舍人佐江州同薛璩十韵》写道："董奉杏成林，陶潜菊盈把。"古来医家以位列"杏林中人"自豪，医著能入藏"杏林医案"为荣，医术好以"杏林圣手"为誉，医德以"誉满杏林"为高。杏林精神是医家精神财富，也是中华民族优秀美德的重要组成部分。

古往今来，造福一方、谋福百姓的人，人们都会用各种方式来纪念。董奉的医术精、医德高，深得群众的敬重。为纪念董奉，福山更名董奉山。同样，漳州长泰也有董凤（奉）山，"仙人董奉游此，石上琴台、丹灶犹存"。宋长泰县令韩常卿有《凤山丹灶》："丹灶棋盘去不收，未知踪迹为谁留？烟空锁樵人径，松桧重阴古寺楼。怪木化龙云雨夜，碧波涵月镜潭秋。辽东梦断无归鹤，山自嵯峨水自流。"河南信阳也有董峰山，"昔董奉居于此山，学道得仙，有祠在焉。"人们还在庐山上建董奉馆，江西九江董奉行医处仍有杏林。古槐镇龙田村与雁塘村交界处，有了颇具规模的董奉草堂，设有中国长乐中医馆、"杏林望重"大屏风、清代名医陈修园专馆南雅堂、"百草园"等景点，正厅内立董奉"悬壶济世"半身塑像。

"建安三神医"中，有"医神"华佗和"医圣"张仲景，董奉被奉为"医仙"，"仙人董奉"实至名归。

董奉先生有郁郁葱葱的杏林济世，董奉山东麓青山村有10万株贡果累累的龙眼富民，青山村更有黄勉斋特祠，俗称黄勉斋祠。勉斋是黄榦的号，其祖籍地在这里，迁居福州城东到他是第七代了，福州城里古有勉斋祠。乾隆《福州府志》记载："勉斋祠在府学射圃，祀宋先儒黄榦。旧在乌石山西，明嘉靖间移今所。"

朱熹是宋代理学的集大成者，是我国自孔子之后的又一座文化丰碑。黄榦是朱子的女婿，也是朱子学传播和推广的第一人。朱熹病重时亲笔写下遗嘱给黄榦："吾道之托在此，吾无憾矣。"晚年，黄榦继承朱子的衣钵，"专事讲学，弟子日盛，编礼著书，孜孜不倦"，成为一代大儒，入祀孔庙，这是古代知识分子最高的荣誉。朱子理学也称闽学，千年来影响着福建乃至中国的哲学思想、文化艺术。闽都文化是闽学的核心组成部分，黄榦在其中起着举足轻重的作用，黄榦也是一座文化大山。

难怪说，福州得名的福山，就是这座董奉山。名称的变化过程，充满感恩和敬畏，蕴含着中华传统文化，特别是福文化的丰富内涵。福山与董奉山的关系，表明福是造福社会、福是助人为乐、福是爱的奉献。

董奉山，巍巍伟哉。

董奉，大爱如山，高山仰止。

晦翁岩·德成岩·二刘村纪游
——记朱熹在长乐的足迹

● 马照南

仲春时节,我来到长乐筹峰二刘村。筹峰,也称龙峰。举目望去,只见峰峦叠嶂、巍峨险峻、岩石耸立、轻烟浮绕、古树山花、苍翠蓊郁,令人产生无限联想。我从小受李白"一生好入名山游"的影响,又长期在山区工作生活,对大山情有独钟,又闻长乐民谣有"溪山不数吴航胜,第一曾闻品晦翁"。二刘村刘书记看出我的喜好,便建议先上筹峰晦翁岩,正中我下怀。

晦 翁 岩

筹峰是闽江口第一高峰,与福州鼓山遥遥相对。筹峰山不仅风景秀丽,胜景迭出,而且历史悠久的古迹众多。历代文人登临览胜,吟诗作赋,筑室读书。筹峰山俯瞰滔滔千里闽江入海,显得雄奇壮美。

到了山门,"晦翁岩"三个大字映入眼帘,这是民族英雄沈葆桢的榜书。这位近代船政大臣喜好读书仰慕朱子。他登临筹峰,拜谒朱熹久居,并用敦厚隽毅的字体,在翠绿的林木衬托下,镌刻"晦翁岩",表明朱熹为避祸曾居此地,以志留念。踏着古道落叶,环顾四周,林木茂密,奇岩嵯峨,景色清幽。山道两旁,巨大的榕树遮天蔽日,阳光透过枝叶的缝隙洒落在地面,斑驳陆离。据说筹峰有红榕、油杉、罗汉松、红枫等树木360多种,其中不乏百年以上老树。

不远处,巨大的岩石如刀劈削,左右对峙而立,形成"石门",上书"入德门"。跨入石门,两边险壁肃立高耸。最惹人注目的是刻在岩壁上的朱熹手书"读书处"三个大字,每字长约1米、宽0.9米、全高3.1米,其字瑰奇雄伟、稳健典雅。这里古木参天,鸟鸣啾啾,远离尘嚣,是绝佳的读书处。对着石桌的一面崖壁上横刻着"朱刘讲席"。还有许多题刻,青苔遍布,充满沧桑古意。明代首辅叶向高《重修晦翁岩三先生祠记》,立碑于"读书处"石刻前。回顾朱子讲学长乐,教化一方的历程,又对当时学界背离朱子思想的不良倾向表示忧虑。

朱熹一生酷爱读书、讲学。他字元晦、仲晦,晚自号晦翁,表明他韬光养晦、谦逊自敛,不事张扬的性格和情操。读书、思考、写作、讲学成为他生活的主要内容和习惯,是一位系统研究读书理论和读书方法的学者。

相传朱熹在此读书,感动了天地,有一只美丽善良的小白鹿,天天衔着粮草鲜果等许多美味食品送到山中,给日夜苦读的朱熹充饥果腹。

筹峰山下村中有兄弟刘砥、刘砺两人,同拜朱熹为师,虚心请教,跟随读书,研究其理学思想。史书载:"朱熹避伪学禁来此,二刘(刘砥、刘砺)师之,大书'读书处'三字,勒于石。后人因名其岩云。"朱熹对二刘兄弟很满意。他在《跋刘世南行状》写道:"长乐刘砥及其弟砺,相与来学,累年于兹。更历变故,志尚愈坚。"赞赏之意,溢于言表。在朱熹的悉心指导下,二刘刻苦读书,学问精

晦翁岩（赵马峰 摄）

进，成为朱熹的得意门生和学术助手，让他们参与学术著作编修。长乐二刘，名扬儒林。

掩映于茂林修竹之间、环境清幽的"龙峰书院"也称"三贤祠"，是朱子和二刘兄弟读书处。书院正厅堂中供着神态飘逸的朱熹画像，左右是刘砥、刘砺。"三贤祠"紧靠石岩，林木遮光，显得十分清静。"龙峰书院"的对联也很有书香味，朱熹的"日月两轮天地眼，诗书万卷古人心"富含哲理。另一副联"六七月间无暑气，二三更里有书声"，更道出了晦翁岩清凉的小环境和学子们夜以继日读书的情景。

筹峰一带，有"鹤腹夜读"的传说。刘砥、刘砺在龙峰书院求学之始，因朱学道理深奥，兄弟苦读，仍不解其意。一日，二人上山不觉天色已晚。便走入"鹤腹洞中"，借着月光，苦读至深夜，困极和衣而卧。第二天日头高悬，兄弟醒来，如醍醐灌顶，竟觉以往难题通解释疑，老师学友惊奇不已。此后，村中学子求学赶考，都会来"夜宿鹤腹"过夜，这离奇而美好的传说也激励着学子们奋发向学。

2002年，长乐重新修建晦翁岩景区，复建了山门、碟泉、瀑布、接官亭、天桥，还新建了龙峰书院，同时大量收集历史资料和朱熹研究成果，再现朱熹当年办学风采。龙峰书院院内的桌椅、墙壁、木柱、地板等均保持宋朝时的风格。祠内收藏有朱子语录等拓片，还有历代研究朱熹的学术论文集及志书等。诗人施平在《游晦翁岩》中写道：危岩卓石各成材，左右平分一曲开。想是山灵施斧削，千秋留护读书台。

"千秋留护读书台"，道出了晦翁岩"读书台"读书处深蕴的文化内涵一直延续至今，未曾泯失。

德 成 岩

德成岩，是朱熹命名的。

我们从晦翁岩走到德成岩，一路苍松翠竹，郁郁葱葱，楼阁亭台，错落有致。德成岩原称筹岩。朱熹仰慕唐代林慎思的"儒英忠义""续孟功业""忠义报国"，深感其"德成于此地"，遂题林慎思读书处为"德成岩""德成精舍"。

林慎思自幼喜爱读书，还影响和引领五位兄弟都读书。唐咸通元年（860），他带领兄弟五人在长乐建起福建第一座书院，称"月楼精舍"。兄弟五人在此相互勉励，揽月苦读。唐咸通十年，林慎思得中进士，次年又中"宏词拔萃魁"成为福建历史上第一位状元，他官从校书郎至水部郎中（水利部副部长职）。其五位兄弟先后都中进士，成为福建历史上第一家"兄弟五进士"，时称"五子登科""五桂联芳"，誉满八闽。林慎思还是一位忠义之士，他曾任京兆府万年县令，英勇领兵抵御黄巢军队，后不幸遇害。朝廷旌其忠义之门。

德成岩的"止水泉"最为著名，该泉从巨石底下涌出，清澈无比，水质极优，入口微甜。虽近山顶，清泉总是不溢不漫，纵然久旱亦不干涸。百千年来，百姓称神，上山取水者不绝于途。

林慎思筑室读书于筹峰山中，打下了坚实的学术基础。他利用两次进士考试时间，写成《伸蒙子》，共三卷八篇四十章。之后又写成

《续孟子》共二卷十四篇，以孟子久行教化，倡言仁义，以治时弊。他还著有《宏词》五篇及《文集》二卷。林慎思坚持继承孔孟思想，表现出坚定的爱国爱民观念，具有开化民智大义。在当时佛道盛行、孔孟思想被边缘化的背景下，他的著作具有拨乱反正的意义。

明朝郑和与筹峰山结下不解之缘，他不仅数次登山，而且在山上、山下修建了龙峰书院、天妃庙、三宝亭等江山胜迹，推动了长乐文化繁华。

筹峰山还有星罗棋布的书院，坑湖草堂、文峰书院、沧州草堂、鳌峰书院、鸿山草堂、鲤冈书院等历代文人读书的地方、祭祀朱子祠宇60多处。

二 刘 村

二刘村的村名与晦翁岩一样，和朱熹的两个学生刘砥、刘砺有关。当年11岁的刘砥和9岁的刘砺，同登宋乾道二年(1166)童子科进士，家乡因之得名二刘村。

二刘村是朱子文化之乡、科举之乡。村庄以筹峰为景，龟山为背，田园环绕。这座闻名遐迩的历史文化名村，保留了多达70多处历史建筑和传统风貌建筑。据介绍，由宋至清，二刘村走出了76名进士，其中宋代就有43位，保存50多对旗杆碣，让人钦仰！村庄保留横跨长溪的宋代古桥——云龙桥。石桥两墩三孔，用长石条架设，石条与石条衔接，工艺精湛。古村河畔耸立着"先贤里"牌坊。重檐歇式，翘角飞脊。顶层门坊中央立"圣旨"二字，二层中央竖"先贤里"三字。当年康熙将朱熹升入"大成殿"，列入十哲之列，大力表彰朱子学，在全国兴起新一轮学习朱子理学的热潮，先贤坊就是这一时期建成的。村庄里，遍布古井、书斋、古屋、旗杆碣等众多胜迹，进村古风扑面、书香盈门。

这个古老的村落，被誉为"忠信孝悌之里，读书袍笏之乡"，走出了许多为国为民廉洁奉公的官员。

北宋年间，刘彝受命到赣州上任后，经过实地踏勘，见城市地势西南高、东北低的特点，排水分界线，西北部名以寿沟，东南部名以福沟。福寿沟总长12.6千米，在城墙脚下开设水窗12间，视水之消长，利用水力使闸门自动启闭——当贡江水位高于水窗水位时，借江水之力将闸门关闭；当江水低于水窗时，借水窗内沟水之力将闸门冲开。刘彝历经10年建成浩大的古代城市地下排水工程，与李冰父子建造的四川都江堰相媲美，都是伟大的古代水利工程。据赣州史志记载，福寿沟建成之后，解决了江水倒灌和城区内涝的水患，成为历经千年一直沿用至今的中国城市建设史的奇迹。

二刘村耕读为本、清廉传家。刘沂春是明代进士、著名的"铁面侍郎"。刘永标家族三代出了11位进士。第六子刘建韶与林则徐同科进士，二人惺惺相惜。林则徐充军时，将妻儿托付予他。辛亥革命广州七十二烈士，刘六符、刘元栋也出自二刘村。

二刘村还有一段中日海上丝绸之路的佳话。明朝万历年间，刘一水沿海上丝路从长乐到了日本长崎，他有见识，遇事沉着果断，且有语言天赋，到日本不久就学会了日语。从福州到日本的商船，需要与日本政府当局、商人沟通，多委托他去帮忙，后来他被长崎当局任命为唐通事。他在日本娶妻生子，为了铭记刘姓祖籍地彭城，刘一水将"彭城"作为自家姓氏，他带头传授中华文化，推动中日友好。彭城宣义，他与父亲、儿子、孙子、曾孙，形成了日本历史上著名的中文翻译世家。

长乐筹峰,书声琅琅,墨香幽幽,锻造出文化长乐、未央长乐、持久繁荣。归程途中,我不禁口占一绝以纪此游:

筹峰独秀峙平江,
灵秀层峦砥砺强。
曲径石门读书处,
犹闻往岁翰墨香。

郑和下西洋与长乐远洋

● 姚俊忠

"郑和之后,再无郑和。"(清梁启超《饮冰室合集》)此言即是对郑和的高度评价,也是对郑和之后统治者的尖锐批评。在郑和第七次下西洋之后,刚刚打开透进亮光的一扇窗又被关上了,闭关锁国陷入了沉沉的黑暗之中。

然而,令梁启超没想到的是,在他去世50年后的1979年,就在这片沉寂的土地上,又开启了一个长乐远洋的新时代。

郑和在长乐

长乐设县始于唐武德六年(623年)。三国时,东吴在六平吴航头(今吴航镇)造船,置典船校尉,集结谪徙者在此造船,吴航也因此得名。长乐区拥有海陆空三轴交通,国内屈指可数的空海"两港"城区,郑和七次下西洋在长乐太平港开洋。《天妃灵应之记》碑、圣寿宝塔和显应宫郑和塑像等,证实了长乐与郑和有着不解之缘。

《明史·郑和传》记载郑和下西洋的目的:"成祖疑惠帝亡海外,且欲耀兵异域,示中国富强"。

《天妃灵应之记》碑的文字，与《明史·郑和传》记录郑和下西洋的目的则不尽相同。《天妃灵应之记》碑又称《天妃之神灵应记》碑，俗称"郑和碑"。大明宣德六年（1431），正使太监郑和、王景弘和副使太监李兴、朱良等人在第七次出使西洋前夕，寄泊福建长乐以等候季风开洋，在重修长乐南山的天妃行宫、三峰塔寺并新建三清宝殿之后，镌嵌《天妃灵应之记》碑于南山宫殿中。此碑现存于长乐区郑和公园内的郑和史迹陈列馆中。碑文记述明永乐三年至宣德六年（1405-1431）间，三保太监郑和奉使统率远洋船队百余艘，以先进的航海技术七次下西洋的经历。

《天妃灵应之记》碑摘抄如下文字：

若海外诸番，实为遐壤，皆捧琛执贽，重译来朝。皇上嘉其忠诚，命和等统率官校、旗军数万人，乘巨舶百余艘，赍币往赉之，所以宣德化而柔远人也。

及临外邦，番王之不恭者，生擒之；蛮寇之侵略者，剿灭之。

一下西洋，殄灭海寇陈祖义；二下西洋，王各以珍宝、珍禽、异兽贡献；三下西洋，生擒其主亚烈苦奈儿；四下西洋，生擒伪王，满剌加国王亲率妻子朝贡；五下西洋，或遣王男，或遣王叔、王弟，赍捧金叶表文朝贡；六下西洋，其各国王益修职贡，视前有加；七下西洋，等候朔风开洋。

从以上文字我们可以了解到郑和下西洋的目的：宣扬明朝国威，展示了明帝国的政治和军事优势；扩展朝贡贸易，改变了自明太祖以来的禁海政策；加强同海外各国联系，使明王朝在东南亚全面建立起

圣寿宝塔（赵马峰　摄）

华夷政治体系，加强了中外文明的交流。

沿着郑和公园内的石阶蜿蜒而上，抵达南山山顶，一座雄浑古朴的石塔凸现在眼前。塔身八角七层，为仿楼阁式建筑，各层塔壁刻有工艺精湛的飞天、伎乐和佛教故事等浮雕。这就是圣寿宝塔，又名三峰塔，是第六批全国重点文物保护单位。该塔始建于北宋哲宗绍圣三年（1096），为石构楼阁式，八角七层，塔壁刻有取材于佛教故事的精美浮雕，是研究宋代建筑和石雕艺术的珍贵实物。当年郑和下西洋的船队驻泊长乐太平港伺风开洋时，曾以此塔为航标，多次登塔远眺。

长乐区的圣寿宝塔和《天妃灵应之记》碑是国宝级的文物，是考证郑和下西洋最权威的史料文物。

1992年，长乐又出土了国宝级文物——显应宫。

显应宫又称大王宫、妈祖庙，位于福建福州市长乐区漳港街道仙岐村，始建于宋绍兴八年（1138），距今已有870多年的历史。

清光绪年间，由于一场特大天灾的袭击，显应宫一夜之间被风沙掩埋在地下。斗转星移，若干年后，人们在这里又建起了村庄，村的名字叫"仙岐"，却没人知道显应宫及其"仙人"们就在村庄的地下。

1992年6月21日，《福建日报》登载了国务院批准建设长乐国际机场的消息。时隔一日，机场所在地仙岐村的一位村民在村居中的沙丘中挖到了一堵墙，上级政府获悉后迅速派人指导现场挖掘。半个月后，沙丘变成了许多尊大小不一、栩栩如生的泥塑神像展现在人们面前。这是福建省迄今为止发掘的数量最多、群体最完整、年代最久远

显应宫（赵马峰 摄）

的泥塑神像群。

2003年经专家确认，福建长乐出土的显应宫文物中的十尊"巡海大臣"神像，其中一尊为郑和塑像。由中国社会科学院历史研究所、国家历史博物馆等相关单位专家组成的鉴定组专程到显应宫，对这一尊塑像进行鉴定，确认此塑像为中国至今发现的最早的郑和塑像，也是中国唯一发现的作为神和妈祖像被供在一起的郑和塑像。这对进一步研究郑和历史将有重要的意义。

圣寿宝塔、《天妃灵应之记》碑、显应宫郑和塑像以及郑和公园、郑和地铁站，郑和路、郑和桥、郑和广场……在长乐，"郑和"已经成为城市化进程和保护海丝文化遗存中的名片。

中外历史教科书中对郑和下西洋都给予了高度评价。

翦伯赞主编的《中国史纲要》：郑和下西洋加强了中国与南洋各地的联系，很多国家都在和他的接触之后派使者来中国贸易。郑和下西洋也开拓了中国人的视野，在他的影响下，中国人去南洋的也日益增多。郑和的历史功绩是不可磨灭的。

《剑桥中国明代史》：郑和在20多年时间内跨越了半个地球，将中国的声威最大限度地远播到海外。在这个过程中，他进行了15世纪末欧洲地理大发现的航行以前世界历史上规模最大的一系列海上探险。

遗憾的是，1433年之后，中国的大门再次关上了。这一关，就是500年。梁启超痛心疾首地感叹道："郑和之后，再无郑和。"

长乐人远洋

长乐名取自《诗经》"长安久乐之义"。长乐人，应当遵循古训，安安静静，享受天伦之乐。可是，长乐人并不崇尚"长安"，也不安图"久乐"，而是跟随着郑和的脚步，迎着刚露出晨曦的太阳，向风起云涌、一望无际的大海，潮水般涌去，开启了"不安分"的"能拼会赢"的远洋时代。

邓小平曾经这样评价郑和：恐怕明成祖时候，郑和下西洋还算是开放的。我们不难读出这句话更深层次的含义：对明清以来封建帝国闭关锁国的批评。长乐人深刻理解了这句话的含义，骨子里的海洋意识被彻底唤醒了。他们把眼光投向茫茫大海，开始了追逐财富、向往海洋文明之路，出现了出洋的壮观景象。

在这三十年里，长乐人带回了电子手表、三用机、电视机、电脑；带回了美元、日元、澳元、加币；也带回了ok、go、yes、bye等。海外远洋打开了长乐人的眼界，长乐人的目光越投越远、越投越高。

长乐人，无论成功还是失败，他们都把赚到的美元寄回家乡亲人手中，为长乐的经济发展贡献了一份力量。还有许多长乐人在国外淘到第一桶金后，回到长乐兴办实业。他们带回来的不仅仅是资金，也带回了先进的技术，带动了长乐各个行业的发展。

郑和下西洋，是官方委派，是朱棣的差遣，是为了彰显大明国威。郑和把这个壮举刻在了石头上，让子孙后代永远铭记。

长乐人出洋，是民间的、自发的，是对财富的追逐、对海洋文明的向往，长乐人把这个壮举刻在了自己的骨子里。

根据第七次人口普查数据，截至2020年11月1日，长乐区常住人口为790262人，海外乡亲72万人，区内人口与海外人口为1比0.91。也就是说，一位长乐人就有近一位海外乡亲。这种海内外人口比例，在全国区县中也是首屈一指的。

600多年前,郑和带着两万多人的船队下西洋,现在数十倍于郑和船队的长乐人,奋不顾身地扑向茫茫大海,开启了第二次远洋。他们在创造财富、寻找的文明的洋流中,不惧狂风,无畏巨浪……

长乐向海 600 年

● 余少林

云帆高张，昼夜星驰，涉彼狂澜，若履通衢，郑和带着船队从长乐扬帆起航、七下西洋和平造访了30多个国家和地区，最远都到了肯尼亚，揭开了世界大航海时代的序幕。

600多年后的今天，作为福州"东进南下，沿江向海"的前沿阵地，长乐续写着向海图强的壮丽诗篇。

郑和舟师从此出发

将时光的指针拨回1405年的冬日。这一天，长乐太平港的天气给力，趁着东北风正劲，郑和一声令下："扬帆出发！"

站在高高的旗舰船首的郑和，英姿飒爽超有担当，麾下舰船载着27800多名壮士，在隆盛的威仪中，开始了七下西洋史诗般的航程。

郑和率领船队七下西洋开启了28年的航海时代，创造了当时世界上规模最大、航线最远的航海纪录，将海上丝绸之路的发展推向了巅峰。

郑和为什么选择从长乐伺风开洋？之所以选择长乐作为驻泊基地

和开洋起点，其中一个因素是长乐拥有优良的港湾，物阜民丰，春秋战国时期的吴王夫差就在此造船，航海技术先进；另一方面，长乐拥有水手及舵工、火长等技术人员，不缺经验丰富的航海人才。

在第七次下西洋前，郑和命人重修长乐南山的天妃行宫、三峰塔寺，新建三清宝殿，并镌嵌《天妃灵应之记》碑于南山宫殿中。

20世纪30年代，《天妃灵应之记》碑出土，一时轰动海内外。这块记录着空前绝后航海壮举的石碑，成为弥足珍贵的历史遗物，留下了光辉灿烂的海洋文化遗产。

彪炳人类航海史的大事发生在长乐，既奠定了长乐历史上造船航海的领先地位，更是长乐走向海洋、走向世界的必然选择。此后，沿着郑和的"足迹"，越来越多的长乐人漂洋创业，开阔了商业视野，增强了海洋经济意识。长乐，成为福州对外商业贸易的门户。

开拓冒险，能拼会赢

海洋文化滋养锻造了长乐人开拓、冒险、能拼会赢的精神。

长乐这座滨海小城，自古以来就与海洋结下了不解之缘。长乐人始终没有放弃对海的探索和对外面世界的探寻，这种勇于冒险的精神一脉相承，生生不息。

早在明清时期，就有长乐人以海为生，驾驶远洋船只往返于日本、朝鲜和南洋诸国进行贸易。

但漂洋出海经商致富的长乐人埋藏于心间的那种拳拳爱国心、殷殷报国情却一直未被磨灭。明万历二十一年（1593），在吕宋岛（今菲律宾）经商的陈振龙得知国内闹饥荒，不顾不准带朱薯出境的禁令，冒着被杀的危险，花巨资购得几尺薯藤。想方设法将薯藤绞入吸水绳，藏在船中。经七昼夜航行，陈振龙将薯种带回故乡福州，经过试种后大获成功，缓解了闽中饥荒。经其子孙七代人的努力，历时一百七十多年，番薯种植被推广到全国各地，为促进我国农业发展做出了卓越贡献。陈振龙的爱国故事可歌可泣，至今仍被广为传颂。

清末鸦片战争后，福州、厦门被辟为通商口岸，长乐出现了"下南洋"移民潮。"漂洋过海当猪仔，三死六难一回头"是早期出洋华侨不畏艰险出走异乡谋生的真实写照。许多青壮年闯南洋，在新加坡、中国香港当海员或到印尼、缅甸、泰国等国打工求生存。他们先是坐小船出发，再转大轮船出海，茫茫天地，漂到哪里算哪里。

早年闯荡海外的老华侨一无资本、二无文化，他们以剪刀、理发刀、菜刀、瓦刀"四把刀"白手起家，凭借着刻苦耐劳的干劲，渐渐地，理发店、裁缝店、饭店餐馆、建筑业在世界各地开花，书写了一代华侨的艰辛创业史。

20世纪80年代，改革开放的春风吹遍祖国大地，更多长乐人沿江向海走向世界，有的去了日本，有的去了欧洲，更多的去了美国。据不完全统计，截至2022年，长乐在外华人华侨达75万人。

拥有坚强意志的长乐人在海外拼搏奋斗，他们从事餐饮、婚庆、保险经济、经营洗衣店等行业，克服了重重磨难，在异国闯出了一片新天地。作为对故土的慰藉，他们将长乐的文化、民俗、美食也带到他乡，让乡土的气息弥漫在大洋彼岸。

第一代移民海外的长乐人对艰辛创业的经历刻骨铭心，深刻感受到教育改变命运的道理，他们尽一切努力为下一代人创造优良的教育"沃土"。之后，成长起来的第二代、第三代乃至第四代海外移民接受了较高等的教育，大学以上文化的越来越多，渐渐融入当地主流社会，跨入精英阶层。

海新城全景（赵马峰　摄）

长乐华侨的"四把刀"已逐渐向"三师"——医师、律师、工程师以及"三家"——科学家、企业家、艺术家蜕变，步入了一个崭新时代。

游子归来　服务桑梓

千帆过尽，唯剩乡愁。根之所在，心之所向。

2021年"五一"假期，在长乐猴屿乡，作为侨乡文化的重要展示地，侨批展示馆经过改造提升后开馆迎客。一件件泛黄的批信、一张张发皱的汇票逐一展现在世人眼前，无声讲述着一段段"侨批纸短，家国情长"的动人故事。

在这些泛黄的侨批里,既有家长里短的倾诉,也有家国情怀的感叹;汇款单金额大小不一,有的寄给亲人用于日常生活,有的则是给家乡修公路、建学校。

20世纪50至70年代出洋打拼的长乐华侨正是通过"侨批"(即银信)这种特殊的联系方式与家人联络,把海外所得的大量财富,通过一封封银信寄给家乡的亲人,为家乡的建设出资出力。改革开放后,许多长乐华侨选择回国,他们怀揣辛苦所得,回乡捐资修码头、修路、修公园等公益事业,为家乡增添了现代文明的曙光。

亲情、乡情、家国情,在长乐华侨的身上生动演绎着。陈永洽在美东福建同乡会主席任上毅然将会馆悬挂的"青天白日旗"换成五星红旗。为中华人民共和国恢复联合国合法席位,他率众走上纽约街头游行示威，声援祖国。

陈荣华经过9年不懈努力，于新中国60华诞来临之际，成功地发起了美国白宫广场上首次升中国国旗仪式，并亲手升起第一面五星红旗。"中国养育了我，她永远是我的母亲。"记者采访时，陈荣华如是说。

家是根，是游子的归宿。在海洋文化的哺育下，一代又一代的爱国华侨报效祖国，服务桑梓，尽显拳拳赤子之心。

向海而兴　向海图强

向海而兴，逐梦深蓝。

"福州的优势在于江海，福州的出路在于江海，福州的希望在于江海，福州的发展也在于江海。"20世纪90年代，"闽江口金三角经济圈""海上福州"建设应运而生。

建设海上福州，长乐作为桥头堡，拥有航空的绝对优势。

在福州长乐国际机场，一架又一架飞机每天从头顶呼啸而过，越过高山湖海，飞往世界各地。机场已开通国内外航线119条，亮眼的数字见证着海内外交流的兴旺繁华。而这样的繁华仅是起点，在一期的基础上，福州新区、长乐区正大力推动福州机场二期扩建，按2030年3600万人次旅客吞吐量、45万吨货邮吞吐量，27.7万架次飞机起降架次设计。

依托机场"翱翔腾飞"之势，具有长远眼光、敢闯敢拼的长乐人，带着祖国作为强大后盾的底气，带着自身成长壮大起来的实力与信心走向世界，追寻更广阔的机遇。

陈建龙是土生土长的长乐人，改革开放初期，二十出头的陈建龙迎着改革的春风，办起蚊帐厂。从"做一根尼龙绳"起步，陈建龙三十载坚守实业，向海图强，驾驶着恒申控股集团这艘纺织巨轮扬帆世界，开启了跨国收购之旅：收购福邦特，掌握全球己内酰胺话语权；收购液空，实现气体原料自主生产；收购安科罗，进军高端工程塑料。四年三次跨国收购，随着并购转型升级，恒申集团不断延伸产业链条，稳坐行业龙头地位。

恒申集团扩大商业版图，无不彰显着长乐海纳百川，用海一样的眼界和情怀容纳世界，放眼未来。

数据能够见证一切：2022年，长乐区高水平对外开放不断扩大，新设立大华首钻旅游、福建天晟云建材等外资企业19家，引进省外跨境电商重点企业3家，落地薛航集团、纵腾物流、福航海航等临空产业项目。深入推进海洋经济高质量发展三年行动，实施总投资超320亿元的达华卫星、海洋生物新材料等15个海洋经济重点项目，松下港区12#、13#泊位投入使用，海上风电A区、C区工程并网发电，成功引进第二家远洋渔业企业，松下港区货物吞吐量近3500万吨。

2022年，长乐区实现地区生产总值1218.08亿元、增长4.4%，进出口总值250.8亿元。进入新时代，立足新起点。长乐成为福州"东进南下，沿江向海"的前沿阵地，一座新城屹立崛起，吸引了四面八方的客商蜂拥而至。

俯瞰滨海新城，云集战略性新兴产业的高新之城正腾"云"驾"物"而起，建成福州国家级互联网骨干直联点、"海峡光缆一号"和省级"政务云""商务云"等一批大数据产业基础设施，引进国家健康医疗大数据中心、国土资源大数据应用中心等国家级平台。中电数据、数字云计算、贝瑞基因、网龙网络、湛华科技、达华智能等大批企业入驻中国东南大数据产业园，初步形成"云大物智链"新一代信息技术集群。

驻足福州（长乐）国际航空城，临空产业活力强劲，培育了网龙网络、博那德钢构等一批行业重点企业，吸引了菜鸟网络、京东商城等知名企业项目落户，推进了机场二期、恒美光电偏光片、福米科技贴片等一批在建项目建设加速度。

浩瀚大海，蓝色引擎，奔向未来。向海发展，向海开放，长乐，已成为福州迈向现代化国际城市的重要驱动力。世代耕田牧海，长乐人的血液中自古就流淌着开拓进取、敢为人先的基因。踏着时代的浪潮，一代又一代长乐人继续勇闯天下，将中华文明持续传播至世界各地。

河口湿地的"蝶变"

●朱谷忠

四月天,我来到长乐,在闽江河口湿地的岸沿穿行,仿佛走进一幅硕大无比的水墨画里。

正是午后,阳光照亮了远处的山峦和江海,热情的光线均匀铺洒在恬静、壮阔的滩涂上。一阵江风吹过,似有潮水的清鲜,又有泥浆的甜腥。抬头看去,翠微杳霭,瞬间散开。这边,一片青绿蓝紫;那边,一片姹紫嫣红。耳畔,时有混杂的鸟声传来这是怎样的一种缥缈而又真切的天籁之音!脚下,高过腰身的红树林与芦苇混杂而生,以一种相亲无忤又无惧无畏的阵势蓬勃蔓延着。周边,许多对我来说不知名的小花,星星点点、五颜六色,好像刚从空灵澄澈的阳光梦境中醒来。于是,一呼一吸的间隙,鼻腔都充满了江海独有的湿润和芬芳的气息。

这个地方,就是闽江河口湿地,位于福州长乐区东北部闽江入海口南侧,由鳝鱼滩、周边潮间带(指陆、海交汇处狭窄但具很高生产力的区域)与河口水域组成,总保护面积23.8185平方千米,是福建最大的原生态河口湿地。

生态湿地是什么?引领我的保护区负责宣教的小郑及讲解员小薛

分别为我科普了一下：生态湿地是水陆相互作用的特殊自然综合体，是地球上具有多种独特功能的生态系统，是世界上最具生产力和人类最重要的生存环境之一，与人类的生存、繁衍、发展息息相关。简言之，地球上有三大生态系统，即森林、海洋、湿地。而其中的湿地，则被形象地称为"地球之肾"——听吧，人家毕竟是这方面的专业人员，扼要概括中还有确切的形象表达。

交谈中我了解到，闽江河口湿地还是东亚——澳大利西亚鸟类迁徙通道上的重要驿站。现在每年有逾10万只候鸟在这里觅食、繁衍、栖息和越冬，这个跨三个乡镇13个行政村的河口湿地，已成了福建省重点生态建设区域和福州的重要生态屏障，对于维护福州生态平衡、保障福州生态安全具有重要的战略意义。

说着，小郑递给我一份最新的文字材料，我欣喜地接过一看，两段文字跃入眼帘——

目前，闽江河口湿地保护区内动植物资源丰富，有野生动植物1311种，维管束植物59科147种，其中包括红树林、滨海盐沼、滨海沙生植被等3个植被类型14个群系；野生脊椎动物139科552种（其中鸟类64科313种，水鸟166种，鱼类64科221种），其他水生生物612种。国家重点保护野生动物有87种，其中国家一级保护动物26种，国家二级保护动物61种……有至少4项生态指标达到"国际重要湿地"标准。

2017至2021年，调查显示：鸿雁、翘嘴鹬、三趾鹬、黑脸琵鹭、勺嘴鹬、铁嘴沙鸻、中华凤头燕鸥、针尾鸭、环颈鸻等共9个物种数量超过全球1%的标准种类，常年在此迁徙停歇的水鸟超过5万只，是迁徙水鸟重要驿站地、越冬地和燕鸥类重要繁殖区……

难怪，2013年闽江河口湿地被评为"中国十大魅力湿地"、

闽江河口湿地，遗鸥捕到鱼儿（闽江河口湿地自然保护区管理处 供图）

闽江河口湿地，卷羽鹈鹕正在觅食（闽江河口湿地自然保护区管理处 供图）

2020年入选"国家重要湿地"名录、2023年入选"国际重要湿地"名录。其间，2022年8月，以保护区为核心的"福建闽江河口湿地：海、陆生物地理区划过渡带"被列入世界自然遗产预备清单……

　　这是一片多么珍贵的大自然的馈赠。多少年来，它映衬着日月星辰、云翳雾霭，簇生着红树林、海三棱藨草、芦苇等生态植被，给众多水鸟、底栖生物等生存空间，使这里的一切，都构成了庇护万物生命的王国。

　　此时，我正站在湿地中央，阳光在头顶摇曳，地气在周身环绕，人竟有了几分沉醉、几分陶然。我知道，我是在大自然馈赠的一幅巨画中去亲近这里种类繁多的动植物的，要想全都记下，那是枉然。因此，我只能从陪同人员的指向、介绍中，大体初识那么一点、一滴、一簇、一群，诸如植物中有荻类、苔草类、莎草类、毛茛类等。如此，我只能调动自己的感官去接收这一切，领会那些超越语言的情感，并且迅速喜欢上这里甜美、鲜嫩的莎草，清新、爽利的水烛，芳华初绽的芦苇，自由奔放的海三棱藨草，以及青春勃发的短叶茳芏……还有，过去对鸟类的认知中有"冬去春来，南来北往，是冬候鸟的习性"这一说，但在这里已延伸为"现在许多鸟从在河口过境到越冬，再成为'长住客'，是生态向好的一个风向标"。小郑介绍："保护区的负责人郑航，最谙熟鸟浪翻滚于海天间的韵律，他用手中的相机，拍下了成千上万张鸟类的照片。"他说，如今常年在此迁徙停歇的水鸟已超过5万只，说明这里是迁徙水鸟重要驿站地，是适合鸟类重要的繁殖区和栖息、觅食的乐园。但这些鸟对我来讲，大都未能缘悭一面，因而也无从辨认了。我只能远远观望着天地间这些彩色的可爱的精灵，在心里祈愿它们常来常往，常驻长留。总之，这里到处都呈现着美丽家园的温馨诱人，自由广阔的无羁之势，令来过这里的每一个人都心生慕叹，流连忘返。

这天，陪同我前来的还有当地的文友小陈，她告诉我，她小时候和伙伴们偷偷来过这里，有时在茂密的芦苇丛里捉迷藏，有时去水草繁茂的浅滩边摸鱼蟹。不同的季节，变幻的风景，每一次都会给她们带来不同的刺激和感受。读高中时，她还写了一篇关于河口的作文，说它是铺在"大地的一张绿毡"，是诸多"植物的宝库""鸟类的家园"。小陈的话一下勾起我的记忆，当年冰心从外地返乡，一袭长袖青衫，刚刚掠过河口，便不禁诗兴大发："我觉得我生命的风帆，已从蔚蓝的海，驶进了碧绿的江……"

然而，小陈也告诉我，后来到了世纪之交，她在外工作，有时往返故乡，匆匆忙忙，去河口的次数便少了，但有一次见到河口，却让人惊悸不迭。原来，那时的河口已变样了：河口填海造地频发，养殖鱼塘比比皆是，加之污水排放、垃圾漂浮，外来入侵物种互花米草疯狂蔓延……湿地生态日益恶化，原本适合鸟类生存的植物和食物失去了生长环境，很多候鸟也不愿来此驻足停歇了。

生态修复，到了刻不容缓的时刻。2003年，长乐撤销了该区位的围垦项目，在省、市林业部门的指导帮助下，建立闽江河口湿地县级自然保护区，迈出了闽江河口湿地保护和修复的实质步伐。一场闽江河口湿地保护行动就此拉开序幕，一系列保护与治理举措密集推出，主要举措是保护优先，同时推进湿地立法、划定湿地管控红线、实行湿地严格管理、创新湿地生态恢复模式等等，逐层落实，逐一实施……许多人拍手称快：湿地有救了！

"天连五岭银锄落，地动三河铁臂摇"。艰辛持续的奋斗，不断迎来日新月异的战果。令人高兴的是，从2003年设立县级自然保护区，到2007年建立省级自然保护区，再到2013年升格为国家级自然保护区，闽江河口湿地只用了10年时间，便完成"三级跳"。

再回首，这20年来，闽江河口湿地实施退养还湿、开展互花米草治理、恢复乡土植被、清理海漂垃圾、在池塘中建成了大大小小生态鸟岛等各种生态保护项目，大大改善了湿地生态环境，许多专家来此考察后都啧啧称羡：闽江河口湿地已经成了野生动植物栖息、生长的天堂。

想来，"十年三级跳"也好，20年持续奋斗也好，这里的每一天、每一夜，蕴含着多少生态守卫者、建设者和人民群众20年如一日持续不懈的努力，从而在积极探索闽江河口湿地生态系统保护与发展的科学路径上，实现了从"征服自然"到"人与自然和谐共生"的历史转折。多少人念叨的"失地"，终于重返"湿地"。

春风骀荡，风鹏正举。蝶变中的河口，呈现出一派生机。

2023年2月2日，在"世界湿地日"中国主场宣传活动上，闽江河口湿地入选了中国新指定的18个国际重要湿地名单。

河口湿地，实至名归；河口湿地，名副其实。

令人惊喜的是，保护区已发现有国家Ⅰ级保护动物26种、国家Ⅱ级保护动物61种、列入《中国濒危动物红皮书》名单的28种、"中日候鸟保护协定"98种、"中澳候鸟保护协定"50种、省重点保护动物44种。珍稀濒危鸟类主要记录有黑脸琵鹭、中华凤头燕鸥、卷羽鹈鹕、勺嘴鹬、鸿雁等。其中，被人称之为闽江河口湿地"三宝"的就是中华凤头燕鸥、勺嘴鹬和黑脸琵鹭，它们都是极危和濒危鸟类。尤其是中华凤头燕鸥，目前全球仅有150只左右。许多记者争相报道：此鸟曾在人类的视野中消失了63年，鸟类学家一度认为它已灭绝，直到2000年台湾观鸟爱好者才在马祖列岛重新发现了它的踪影，其头部羽毛酷似古代神话中的凤凰，且经常混杂在大凤头燕鸥鸟群中，不易观察，故又被鸟类学家称为"神话之鸟"。

地球上有生命的动植物，无疑应当享有与人类一样的生存空间与权利，同样，人类也在愧对自然付出惨痛的代价后认识到：生态文明，正是人类文明新形态的重要组成部分。

边说、边听、边看中，我不禁默默想到，多年来在河口，上至院士，下至平民，多少人蹚过一层一层的波浪，走过一滩一滩的花开；多少心血，多少汗水，与其说洇染出的是一幅幅丹青画图，不如说换回的是人与自然休戚与共的无限生机。

此时，在河口，处处都能见到招潮蟹爬、弹涂鱼跳，都能听到绿风清歌、鸟禽鸣叫。移步换景，在这里早已寻常；一梦千寻，到此处亦是共情。若试问，滩涂深浅有几许，但只见，花颜尽展河海秀。这里，青绿绕膝；这里，鸟解人语；这里，花香盈袖；这里，如梦似幻；相遇河口，任是谁，都会挥洒出一曲浪音一阕词……

眼下，走进湿地公园，一眼看到的就是一片花海，月季、海棠、凌霄、梅花、波斯菊、硫华菊、银叶金合欢、柳叶马鞭草等多个品种，各色花朵，都会在不同季节陆续开放，赤橙黄绿青蓝紫，争奇斗艳吐芬芳。随之，沿着蜿蜒迂回的步行道，感受树影渗渗水底天、荷气微风香暗通的妙处；再看那绽放的花朵，娇娇的，羞羞的，娇白的爽净，羞红的灿眼，缀嵌在绿堆翠砌的浅滩中，一处处吸引着游人的眼球。行走其间，清香扑鼻，令人心旷神怡。

从花海过去，便是绿意盎然的生态鸟岛，点缀在水塘之中，像大小不一的吸盘，周遭或生长着茂密小树林，或遍布着茵茵水草，远远望去，成群的候鸟在水中自由游弋、觅食，振翅的扑啦声、清脆的鸣叫声，无不展示出自然的灵气与生命的欢乐。我相信，那里的一花一草、一瓢一虫、一枚小果、一滴露珠，都富有生命的诗意与艺术的韵致。

不觉间，黄昏降临了。握别时，小郑告诉我，河口湿地公园是福建省首个滨海国家湿地公园，公园现分为湿地生态观光区、天然湿地保育区、生态农业区、生态渔业区和湿地生态文化区五大区域，突出独特的湿地生态旅游功能和景观效果，营造出"清、静、绿、凉"的独特意境。如今中外游客都慕名而来，络绎不绝，身临其间，醉而忘返。

如此看来，我这"半日游"，只不过是浅尝辄止而已。还好，诚如有人指出的那样，来到这里，哪怕是一时半日，也能从河口湿地读取一段人与海洋"从开发到保护、从对抗到和谐的历史经验和有益启示"，这才是真正的不虚此行吧！

乐水向海

● 景 艳

来到长乐,我就看到了水。

那是怎样的一场水的盛宴啊!瀑布般的雨幕、升腾的水雾酣畅淋漓地雀跃狂欢,高溅起的水花让人如置身于乘风破浪的海中舟,眼前一片白茫茫。被波光折射变形的双闪灯,像烟波浩渺的海上的航标灯,在狂风骤雨的洗礼中若隐若现。雨刮器就像激越的鼓点,让心脏都无法抑制地要跟上它的节奏。当一道金色的闪电直插而下在前方炸开时,鸿溟万顷,刃树剑山,阗阗的动地之声仿佛负重的历史车轮穿越而来——春雷响了。

长乐,有那么多的水。古时的海侵之区,后来的"水乡泽园"。闽江、洞江、莲柄港、东湖、罗联溪、首祉溪、二刘溪、腊溪、三溪、西湖、福湖……那些澄平如镜的水、那些蜿蜒流动的水、那些走走停停的水、那些风起潮涌可以卷起千层浪的水连接成网。一座城的魅力需要自然的沃土和人文的厚度,在这个名叫"航"的地方,一切似乎都与这水有关。

站在王母礁旁,我看到了水,是雷霆万钧、乌云压境之下,无力澎湃、漾波逐影的水。《长乐县志》中载曰:"宋季杨妃偕弟亮节,负益王、广王航海经此，后人思之，因呼为王母礁。"简短的叙事中讳莫如深的是元军攻破宋朝都城临安，幼帝宋恭宗被掳，杨淑妃携益王赵昰、广王赵昺经温州南下福州，在此上岸的背景。1276年，即宋恭帝德佑二年、宋端宗景炎元年、元至元十三年，当政权的飘摇让一位后宫女子和两位幼童不得不成为国家命脉的象征，所谓势位至尊的皇权便沦为残山剩水不可承载之重。号称水军最强的南宋流亡，再度被擅长弯弓铁骑的元军逼迫到海上，且战且走，直到端宗遇溺浮海驾崩、陆秀夫背负幼末帝跳海自尽，长乐的水由此也被注入了悲壮雄浑之色。

　　文史爱好者高展澍告知，福州话"礁"是发作"砂"音的，当地之所以会有"文武砂""云母礁""风母礁""凤母礁"等发音相近但指向不同的称谓，不乏地理区划变更、以讹传讹的缘故，但究其源头都出自"王母礁"，纪念的是同一件事。当"王母"杨太后把自己和绝望一起葬入大海的时候，她不会想到南宋最后的亮色是文天祥、陆秀夫、张世杰、高应松等一众名臣，让百姓深深记住并怀念的，不是九五至尊的仪仗，而是他们铮铮不屈的气节和掘井放粮的善举。那个征战屠戮的游牧民族政权仅仅存续了89年就四分五裂，再次被赶回草原，元朝成为中国朝代更替中的一个组成部分。水漫过缝隙，了无痕迹。

　　沿着那长长的海堤，我看到了烟雨之中面朝东南的水。那一处礁岩上的妈祖塑像格外醒目又高挑，她面向大海凝视的背影竟让我一时恍惚，竟分不清是妈祖还是"王母"。据说，这尊高达8米的妈祖石像与莆田湄洲岛、台湾的妈祖石雕巨像遥遥相望。云气氤氲的日子，一片苍茫的水，泛着粼粼的波光，用最宽容的寥廓隐藏着最深切的忧伤，瞻云陟屺。

　　许多人不知道，中学历史教科书上，曾经提到的关于东吴孙权于黄龙二年（230）遣将军卫温、诸葛直前往台湾（时称夷州）的文字记录，出发点就是长乐吴航头；那些从鸡笼（现台湾基隆）到福州的"五更船"曾经既是两岸交流通商的桡棹，也是倭寇袭扰的桴中芒。当水所形成的天堑被越来越坚固的福船所突破，长乐与台湾之间的距离也就变得越来越短，由此也结下了互为倚仗、患难与共、同仇敌忾的生死情怀。

清初，朝廷在长乐设置了长福营右军都阙府，守卫长乐海岸线、江岸线的陆上安全，官员轮调台湾；三江口水师旗营自开赴长乐以来，参与赴台作战、平定海患抵御侵略等诸多重大海防军事活动；1874年，日本人借口牡丹社事件侵略台湾，随沈葆桢赴台戍疆后，牺牲的将士中有长乐籍13人；1945年10月25日，台湾光复，作为受降代表接受日本受降书的李世甲（祖籍长乐）后被任命为台澎要港司令。

至于那些参与过台湾建设发展的长乐人就更多了，清康熙年间，台湾府学首任教授林谦光是长乐人、诸罗县学首任教谕陈志友为长乐人……台湾郭氏祖源出自长乐市区东关太平桥之上郭坑汾阳溪畔，而在台湾，那条叫"长乐永康"的街道上，就居住着不少祖籍长乐的老住户。长乐琴江有个满族村，而台湾屏东也有个满州乡、长乐村。百川归海、万物归宗，水绵绵瓜瓞不曾改变的是它融于内核的基因、根的维系。

"到江送客棹，出岳润民田"，大自然的厚泽并没有让长乐人养成靠天吃饭的依赖和惰性，他们在山坡筑埂造田，引泉灌溉；在洼地蓄水防旱，挖井凿塘；在城内掘渠揖舟，开拓通路。那与百姓生活紧紧相连的密如蛛网的湖、钻进溪涧港汊的水，在大潮涌动、海水倒灌时，同样发出赫赫扬扬之势。1558年，倭寇攻掠长乐城，城墙崩塌二十余丈，长乐居民数千"少壮守阵，老稚妇女运砖石"，钢铁之躯，莫之能撼；1884年，法国军舰的炮火轰进了闽江口，满族村马家巷男儿义无反顾，无一生还，法舰撤退经过时，村民们拿起刀铳齐齐上阵；抗战时期，福州两次沦陷，日军轰炸袭扰，长乐抗日游击总队先后在三溪、江田、古槐等地多次击退日、伪军的"扫荡"，琅尾港沿河橘林附近伏击战，击毁日军汽艇，大获全胜；以河金救火会援丁为骨干的战地服务队则在五里洋，会同十余村民团，把水和田野、锣声和枪声化作了让日寇有来无回的战场。即使是习惯随方就圆的水，骨子里也从不缺少惊涛拍岸的胆气、滴水穿石的硬气、众志成城的底气。

像一卷黑白胶卷的隽永，留存于既往的水似乎总是在暗色中缓慢流动，没有滤镜，没有色彩，一方面固然是长乐人用生命与热血捍卫生存与发展的生动写照，但在另一方面，更像是陈旧的半殖民地半封建社会恍如末日烟花的萧瑟背影。千百年来，长乐人临水而居，向海而生，看潮起潮落，听鸥鹭合鸣。一叶叶时代的风帆在历史的长河中渐行渐远，荡气回肠的诗篇沉淀如嵯峨巉岩。漫漫时光与森森之水打磨着一座城市的独特气质，蕴含着成长的力量，像深埋已久的种子等待惊蛰的春雷，要在一个新纪元到来的时刻，洗涤旧耻，焕发光彩。

纵然是郑和七下西洋成就人类航海事业恢宏的一笔，"夷舶入贡"，仰望牛角山巅，领略"东海捧日出，御国引归航"的盛景，恐怕也只会感叹一个强盛的国家可以让"牛角山"拥有"御国山"这样伟岸的称呼，怎么会想到这六百多年后，这山陬海湄之地竟会有如此一日千里的变化，山水清丽、人文荟萃，时尚动感，那两万余人历时28载的航程，在今天可以计日以期；一所双语学校中可以有数十个国家多元文化的交流。

长长的海堤和挤挤挨挨的防波堤是有名的网红打卡地。那座长长的房形建筑原是江海相隔的闸门所在，肩负外拒海潮、内蓄溪水、调剂淡水与海水的重任。不管是"十八孔"还是新设计的"十一孔",一系列水利工程,在数据和信息资源的支持下,提升了河湖管理一体化协同能力,如串珠般将更多美丽的翠玉镶嵌进了长乐的版图。

大东湖就是其中璀璨的一颗。沿着蜿蜒的水线前行,这里早已不是过去的莽滩荒涂,而是波光潋滟、鹭鸟翩跹,绿草茵茵、花团锦簇,处处蕴含着生命律动的花晨月夕。一边是大自然的得天独厚,一边是水上运动项目的天堂。但见赛艇、皮筏艇,帆船,彩色帆板将这天空衬得高远,宽阔的水面炫出了春天的光芒。

顺着绿波公路的引导,一幅幅灿烂的画卷次第打开:福建省会城市的副中心、海上丝绸之路枢纽城市的重要门户,东南沿海现代产业重要基地、两岸交流合作的重要承载区……每一笔落款都充满坚实的自信。生态、开放、创新、宜居的理念一点一滴浸润着它的容颜,极富设计感的地标建筑将长乐的古典、现代与未来紧密地联系在了一起。看看东湖数字小镇里这串五颜六色的路标指示牌吧:数字之星组团、双创中心、东湖数字艺术中心、FFC福州未来中心、未来广场……每一个字符都充满着动感的张力,希望的联想让人青春飞扬、热血沸腾。沙滩、湿地,江海、陆岸,大自然的巧夺天工与人类的奇思妙想,就像一对相亲相爱的恋人,一个在岸上抚琴,一个在水中曼舞,相得益彰的默契浑然天成。

如果说优美的环境建设拉出了长乐这座生态城市的无限魅力,那么高素质的专业化人才方阵更是照亮长乐未来辉煌前景的荧荧星火。世代耕田牧海,长乐人的血液中从来就不乏开拓进取、敢为人先的基因。这块天海相接的沃土,屡屡在重大的历史转折点中被安排为迁徙目的地,而它也以如海的宽广胸襟,不倦地接收、吸纳、嫁接、融合这些由中原文化、游牧文化以及少数民族的、外来多元共生的文明,不断地打开视野，丰富和强化自己的肌体，在沿江向海的长途之旅中，成就了兼容并蓄而又特立独行的滨海文化板块。在那些优秀的外来人才为长乐孜孜奉献的同时，长乐本地的翘楚也以另一种输出方式开拓着自己的舞台与天地。以水为载体，长乐走向了世界，世界也走近了长乐，呼吸吐纳之间，成就了这方水土开放、包容与进取的性格。

漫步于水濯之后的长乐滨江滨海路，来来往往的车与人并不多，静谧的车站给人一种时间停止的错觉。中国东南大数据产业园，国家级产城人文融合小镇典范，智慧中心，福州数字中国会展中心……设计新颖、高耸林立的办公大楼，低调安静得几乎听不到人声，机器和互联网平台替代了人工的流水作业。近年来，借"数字福建""数字福州"的东风，长乐不断抢抓建设机遇，承接数字中国建设峰会的溢出效应，推进产业数字化、数字产业化，不断"筑巢引凤"，打造数字产业高地，寻找科技时代更加精准的定位。当人工智能的飞速提升、系统功能日益强大，"数字"已然成为机器和人类可以同样抓取制造利用的资源要素的时候，并不纯粹的科技问题、人才引进命题又摆在了面前。振翅欲飞的长乐，又一次站在了历史机遇的面前，它将会在中华民族复兴的征程上扮演什么样的角色，以什么样的姿态再写辉煌与骄傲？

隐隐的，隆隆春雷渐行渐远，预告着一个炽热的季节即将到来。不知不觉中雨早已停了，天海相连处升起了一轮艳阳，万道霞光破雾而出，将那一片海染得火烧一般通红。"浮天沧海远，去世法舟轻。千里孤帆沧海没，一轮玉镜夕阳浮。"但见那延绵的水线平推而来，奔放泽润、浩浩汤汤，挟着百川走海的气势和海纳百川的气度，正以前所未有的自信、从容和豪迈，奔向一个更加辽远未来。

看到了那些水，我便看到了明天的长乐。

不亦乐乎

长 安 久 乐

CHANGLE

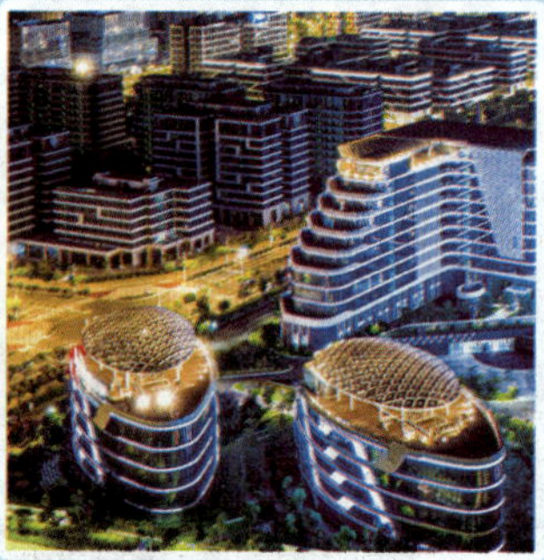

九头马古民居：惊叹与迷雾

● 石华鹏

　　从最西边的宅院开始，从最东边的三头马官厅出来，我重新回到这组规模庞大的建筑群前的广场上。我面前立着一面墙，长120米、高6米，乳白色，墙上颚简约砖纹装饰，墙裙露出规整的大块石板，墙上开大小门户九扇，正中间的墙额上方开设了13个造型不一的灯窗。这面气派与雅致兼具的墙，既做了这组古民居的围墙，同时也做了它们的门脸。这么深长气派的门脸无疑是少见的。在它之后，并列着五座恢宏的清代古民居，每座宅院各五进，共二十五落厅，各宅院既独立又开门洞相连。

　　打量眼前的这一刻，我想起法国文学巨匠维克多·雨果的一句话："一栋建筑具有两方面的价值，使用与美学。使用价值属于它的所有者，但是美学价值属于每一个人，属于你，属于我，属于我们所有人。"雨果说这句话时正值已有500年历史的巴黎圣母院有被损毁的危险，为抵制损毁包括巴黎圣母院在内的文物建筑，雨果大声疾呼。这座名为九头马的晚清民居建筑群虽无法与著名的巴黎圣母院相提并论，但它200多年的历史和匠心独具的营造技艺已让它具有属于我们所有人的美学价值。时间和人为破坏给这座建筑群带来的损毁也在2013年5月被国务院公布为第七批全国重点文物保护单位的那一刻而止息。

一个家族五座五进、占地面积1.5万平方米、东西面宽与南北纵深均为120米的豪华宅院，历经200多年的风雨晨昏，有些院落破损坍塌，留存下来的22座主体建筑各成院落，大致保存完整结构的为第二列和第四列的五进院落，第一、五列损毁过半，颇为遗憾的是正中间的祖厅在一场火灾中化为灰烬，复原无望。

遥想当年，每逢节假日或红白喜事，南面中列墙额上的13个灯窗悬挂官灯，灯光照出很远，每列宅院南面正中的大门以及内室的屏门、厅门一路洞开，入望"五落透后"，其景壮观，排场深然。也许这巨大且豪华的生活空间需要许多人的人生故事才得以填满，不过这豪宅里一代一代的升官发财、爱恨情仇、生老病死的故事似乎并不值得我们去遥想和凭吊，因为时间的流水会无情地带走那一切。时间终究没有带走的，是这些体量巨大且略显空洞的砖木建筑。这么多年过去了，九头马宅院中的大小木作、石雕石刻等犹如艺术品般精湛的技艺，依然让见多识广的我们惊叹不已，它所呈现出来的美学价值和历史价值依然征服着我们，不得不说是个奇迹。

九头马宅院由砖石风火墙和木构硬山顶房屋构成，为合院式四排五进院落，飞檐翘角，黛瓦白墙，恢宏古朴。宅院以木为主，用材考究，使用木材有杉木、柯木、楠木、梓木、檀香木、铁梨木、黄杨木、红木、桑丝木等，最长的楠木横梁长10米。建筑的大木作讲求变化，建筑艺术与便利生活达到完美结合。从建筑样式看，有亭、台、楼、阁、轩、榭、厢等古代传统造型；从使用功能看，有祖厅、接官厅、客厅、议事厅、喜事厅、仓库、书斋、闺阁、守节楼等；每座宅院造型结构也不尽相同，有"四扇三间""六扇五间""八扇七间""十扇九间",有"五柱厅""七柱厅""九柱厅"、出游廊厅,最大的厅宽达10米。小木作精巧别致,达到一流艺术水准。比如藻井,其形式多样,有单层、双层、多层、方形、圆形、多角形。廊轩企篷、穿鼻、距花（雀替）、梁托、悬钟、插屏、门窗户扇……几乎无处不雕花。雕刻形式有浅雕、圆雕、浮雕、镂空雕、双面雕、阴刻、阳刻、镶刻；木刻内容有自然物、民间故事、戏文典故等。木雕多保持木材本色,有的闽漆贴金,也有彩色套板衬托。石刻大多用于柱础,砖雕用于门楼亭、墙头、窗格,泥塑用于墙头饰,壁画广泛用于内墙壁,多采用象征、寓意、谐音等民族传统手法,给人祥瑞吉利的美好意念,如"和合二仙""升平景象""吉庆有鱼（余）"、蝙蝠（福）、鹿（禄）、松鹤（寿）、梅雀（喜）……

说九头马为清代传统民居建筑典范,说它堪称"晚清民居建筑研究所",说它是福州地区晚清建筑独具匠心的代表作,皆不为过。

向导懂得我们的心思,知道我们对值钱的东西感兴趣,早早就卖下关子,说最后一列宅子里有让人惊叹的物什。心怀期待脚步也迈得匆忙,我们来到三头马官厅。这个厅比普通厅宽阔了一倍,柱头高耸。厅门口有一根长10米直径0.7米左右的横梁悬挂廊檐下,向导说这根横梁就是名贵的金丝楠木,据说是现有民居中最粗、最长的一根,价值以亿计算。大家伙儿啧啧称赞,价值是一方面,更重要的是慨叹今生有眼缘能见到它。廊檐上的一个木雕梁托吸引了我们注目：一只生着双翅的马头瞪着凸显的大眼盯着我们。这是工匠们根据"天马行空"的神话故事想象出来的"马生双翼"的形象,寓意着飞黄腾达、马到成功。其超强想象力和传神雕刻令我们惊叹。一旁的木门中,窗格细腻有致,以浮雕和篆书雕刻成一副对联,字体流畅,雕工细致,大家连猜带蒙才看出是：年丰人益寿,粮足世太平。

九头马古民居（赵马峰　摄）

在这座处处讲究、恢宏精美的古民居里游走，除了不断带给我们美学价值上的惊叹以外，还有诸多如谜语一样的雾霭笼罩在这庞大的建筑群里和时间深处，让我们捉摸不定。

迷雾之一，宅院主人陈利焕家族的巨额财富来自哪里？建造如此庞大、精美的五列宅院，照今日看来，非地方巨富不可为之。陈利焕家族两代人完成这一浩大工程，他们的财富来源说法不一。一说是陈利焕本是村里厚道农民，偶然间得到了海盗遗留下来的一大笔金银，然后带着四个儿子外出经商，积累了大量财富。另一说是陈利焕是一位富有爱国情怀的人，他曾经参与过反清起义，后来被捕入狱，但凭借他的建筑才华，得到了清朝官员的赦免，并被委任为福州城修缮工

程的总工程师。他在修缮城墙的同时，也在自己的家乡建造了这座古民居。

迷雾之二，历时76年完成全部建筑，他们有着怎样的建房情结呢？第一座建于清嘉庆初年（1796—1800），大部分建于道光年间（1821—1850），最后一座竣工于同治十一年（1872）。

据说当年陈利焕得一位高僧指点，欲得到"九头马"之灵，于是开始了率四个儿子围"马"而建房子的大工程。但陈利焕刚建完第一列的五进房子，就去世了。他计划建并排的五列五进，共25落，把九块岩石有机地点缀于房子内外。四个儿子为父亲遗愿，将剩余四列房子建好。经过近八十年的营造，五列各五进、25落厅的恢宏建筑先后竣工。后面修建的四列建筑比陈利焕修建的第一列规模大了许多，也豪华了许多。有了钱，然后有了一个围"马"而建的灵感或者说愿望，那么即使耗尽财富和漫长时日也在所不惜，这就是某种精神吧。

迷雾之三，九头马今何在？九头马古民居之所以得名，是因为在建筑中围入了九块形似骏马的岩石，象征着陈氏家族有如骏马奔腾般的勇武和奋进。我们试图在建筑中寻找马形石，但寻而不得。在向导的帮助下，在广场一侧，我们看到了一块形如骏马奔跑嘶吼的大石头。

在最东边的三头马官厅，我们见到了这座宅院的后人陈振陆老先生。他生于斯长于斯，今80多岁，他的儿女都已成家立业在城市工作生活，他与老伴却始终住在古民居，舍不得离开这世代恋守的家园。他给我们讲述了他在这座宅院的成长故事，他们在宅院中追逐穿行，听评话、唱童谣，也讲述了他祖上的故事，驱散了我们心中迷雾。他说："我们怀念养育我们成长的院落里的岁月，院子给了我们真正的邻居。民居里的孩子经常说，我们都是同一个院落里的，这相当于说我们都是兄弟姐妹，显得格外亲热。"院落文化在随处可见的高楼大厦间日渐消逝。他也感慨道，祖上的荣耀至今还光耀着他们，只是今日的陈家后人再也没有超越祖上的啦。

九头马古民居建筑群坐落于长乐鹤上镇岐阳村。

琴剑变奏曲

● 万小英

闽江边有座村子，不大，却凝聚了中国近代史的诸多"符号"。末代皇权，民族融合，中外战争，家国情仇……这些重大叙事主题在这里"爆发"，三百年来，让人对它有一种别样情愫。它就是距闽江出海口不远的长乐琴江满族村。

"琴剑浮沉秋水白"，这是清代琴江人唐以梁的诗句。流经的这段闽江宛如一把古琴，故得名琴江。江中原有琴屿和剑屿，相传它们是郑和下西洋船队转舵出海，在此失落的琴与剑化成。剑胆琴心，冥冥之中，琴与剑也便成为这块地域的基因密码。恰如陆游诗曰："流尘冉冉琴谁鼓，渍血斑斑剑不磨。俱是人间感怀事，岂无壮士为悲歌？"

琴江满族村村域总面积0.6平方千米，总人口400余人。300年前这里是水师旗营。清雍正六年（1728），镇闽将军阿尔赛奏请朝廷从镶黄、正白、镶白、正兰老四旗中抽调513名官兵携家眷约千人进驻，围地筑城，建立"福州三江口水师旗营"（三江口即闽江下游乌龙江、白龙江、马江的交汇处）。它是当时全国沿海四大水师旗营之一，比马尾的福建水师还早151年，经繁衍生息，鼎盛时有三四千人。辛亥革命后，旗人不再享有吃皇粮的特权，纷纷背井离乡四处谋生，"水师旗营"逐渐演变成村落。今天它已成为"中国历史文化名村"。

走在村中，看着旗人街（又名首里街，据说首里乃琉球王国的首都）高檐阔屏的老建筑，我常常处于"失语"状态，在这个福建省唯一的满族聚居村，很多房屋匾额和对联都用满文写成，全不认得。我也会迷路，街巷纵横交错，时而相通，时而相闭，如入迷阵。据说当初旗营基地筑有五米高的围墙，分东南西北四个城门，以炮山、火药库、钟楼为中心，五百间兵房、十二条街，组成一个太极八卦图，整个营地呈"回"字形。街道交错迂回，人在其中，不易找到出口。

军事城堡与民居村落相结合的功能特点，让这里的生活与战斗融为一体，正如"六离门"，也就是每家中间大门都装有的半人高横隔门。闽剧《六离门》说，明朝蓟辽总督洪承畴兵败降清，被委以江南总经略后回乡探亲，洪母和妻女耻其叛明，痛其失节，不准他进屋相见，但又囿于亲情，就在门口设一道横隔板，让他隔门听训，所谓"六亲不认，众叛亲离"。后来横隔板演变为横隔门，因此得名"六离门"。

在这里，气节是家庭的颜面。那时候，家中长者在儿孙当兵时，必在六离门前郑重嘱咐："若投降或当逃兵就不要回来，家里就当没有你这个人！"这里的家训就是"永不投降"。

但这扇横隔门又有生活的烟火气，类似屏风和高门槛，与外界打通，又保护隐私和安全。琴江当地人也称之为"定心门""第喜门"，未嫁女可偷偷在门后瞧瞧路过的心上人；有及第、升官、婚嫁等重大喜事，就打开这门——它是家的象征，搬家是要带走的。

北人南迁，故土难忘。他们的祖先来自辽东长白山一带，口味习惯一直未变,那是故乡在滋味。汤圆、麻团、馄饨、饺子、福临糕、夹糖糕、虾饼、烤炉饼、旱面饺、马蹄糕、地瓜饺等,还有小孩爱吃的糖通、路路通、麦芽散、夹心糖烧饼等,都曾在街头巷尾贩卖。逢年过节,北方的馄饨、南瓜饽饽、虾酥等,家家户户都会端上桌。还有一项好玩的游艺活动,也伴随着他们来到这里——琴江台阁至今已有200多年历史。几年前,当它被评为福建省非物质文化遗产保护项目后不久,我采访过它。这是一种独特的凌空表演形式,一人站在一米高的台子上,平伸手臂,用一只手"托"着另一人,另一只手托着花瓶,花瓶上还"站"着一个人,而这三人还都是孩子,真是令人叫绝。她们手持花篮,一边"天女散花",一边做360°旋转。据传承人张建海介绍,台阁最初起源于古代"百戏"高秆技艺,借助隐形的"铁机"造型,在人抬着的或轱辘板车撑载的会转动的小舞台上,小演员走动演出,故又称"抬阁"。每次演出,都用"旗下话"演唱,所使用音乐为东北一种地方小调,俗称"台阁曲"。

"旗下话"已濒临失传,它是清代北京官话和满语词汇,甚至与福州话相混杂而成的一种琴江方言,没有文字记载,而是口耳相传。随着村中老人的零落,年轻一代几乎无人懂得说"旗下话"。

1866年,中国第一所近代海军学校福建船政学堂创办,琴江水师旗营中的年轻人也纷纷报考,成为中国海军的栋梁之材。

历史,终于要求交出答卷。作为清代最重要的海军基地,安营建寨在琴江的水师旗营,负有镇守海疆、保卫八闽、"海国屏藩"的重任,它面临血与火的重大考验。

"将军行辕"始建于清雍正七年(1729),与一般房屋坐北朝南不同,它是坐南朝北,以此表达思念北方故土。今天,这里被宁静笼罩,蜜蜂飞舞,仿佛在寻找看不见的花朵。但是别忘了它是"福州

琴江满族村（赵马峰 摄）

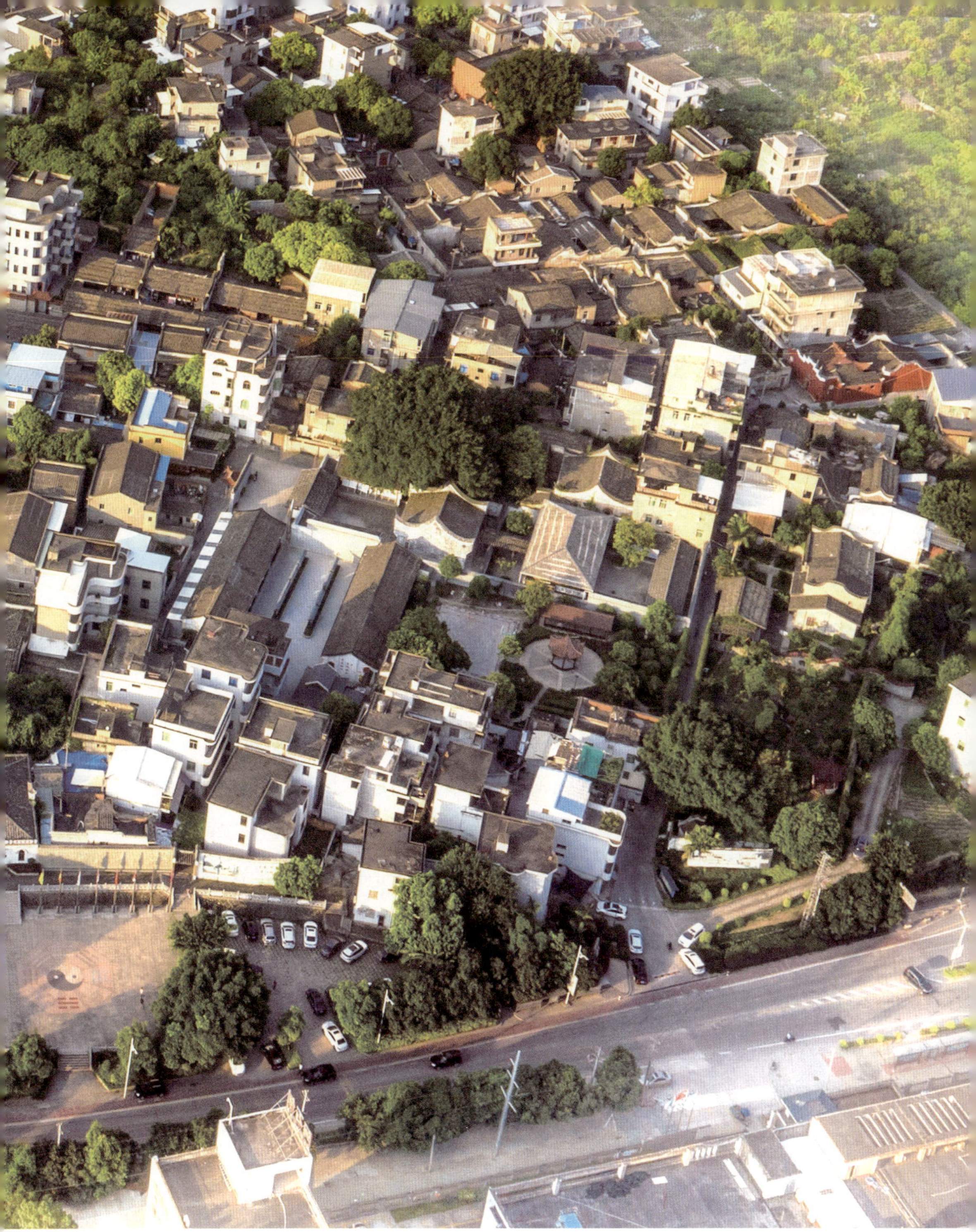

三江口水师旗营"最高指挥机关，曾经颇为热闹：驻闽将军每年视察水师操演，旗营官员公议大事，兵士急来报禀……在将军行辕的一角，一棵老榕沧桑的身躯大半陷入墙堵中，化成古墙的一部分。当你仰起头，才发现它有着气势磅礴的生机，风雨化为浓荫，庇护着一方天地、一方岁月。它与将军行辕一同"种"下，站在这里已经三百年了。它目睹了琴江水师旗营的昨天、今天，一定还有明天。

清光绪十年（1884）旧历七月，这棵榕树定然感觉到了气氛与往日大不相同。它看见穆图善将军有些慌张——侵略者来了！外国侵略者来了！

旧历七月初三下午，震惊中外的甲申中法马江海战爆发。福建水师收到的命令是，"无旨不得先行开炮，必待敌舰开火，始准还击，违者虽胜犹斩"。琴江水域是主战场，打还是不打？"永不投降"的六离门看着呢。三江口水师旗营统领黄恩录慨然回应"将在外君命有所不受"，率部奋勇杀敌。水师旗营全体官兵以八艘木壳船与法军铁甲舰浴血奋战。林狮狮率十余名乡民驾船，隐于道庆洲江边的芦苇中，向法军旗舰"伏尔泰"打土炮，打伤法军司令孤拔。法军还击，林狮狮等勇士以身殉国。

"法国打闽安，旗勇战沿江，炮杀李建安，打死张十三，家家泪不干……"这是琴江歌谣。歌谣里的"张十三"，是旗营张家13位壮年汉子，全部参战，血洒海疆。琴江守兵也牺牲惨重，马家巷的男丁几乎全部壮烈牺牲。

马江海战，福建水师几乎全军覆没。根据战后统计，福建水师的阵亡将士达796人，江里打捞上400多具遗体。三江口水师600名官兵中，壮烈牺牲100多位。这是中华民族的壮烈史，也是耻辱史。水师旗营的穆图善将军在驻守长门时，未能堵敌船出口，而且贪生怕死，逃往连江,还谎称自己在阻截法舰之战中打了胜仗。

"一腔热血洒空际,红树青山黯夕阳。"出鞘的剑断了。1984年,中法马江海战一百周年,琴江村民捐资在江边五炮神庙旧址修了一座烈士纪念堂。每年农历七月初三,村民自发来到江边,放送水灯,剪纸焚香,祭奠先烈英灵。2000年,村里又集资修建"抗法烈士陵园"。它位于村口,雄伟庄严。踏访之时,正是四月,烈士陵园的两株洋紫荆开花了,满树粉红,一地碎粉,我默立于烈士碑前。

清代琴江文人在月夜作诗,有两句甚好。"耳边似觉琴音奏,韵出空江听水流"(唐以梁);"无弦琴韵听模糊,皓月清流入画图"(黄曾成)。琴江,总让人会隐约听到古琴声,在水流激荡中,天宇间还有琴与剑交碰的铿铿回响。琴,情也。在琴江细心聆听,那里有慷慨悲情,有故园思情,有壮士豪情,有茫茫悯情……江水悠悠,琴音袅袅,情亦何堪。

离开的时候,回首,一棵龙眼树寂寞地立于村口,与我对视。

南 阳 魂
——谒长乐南阳中共福建省委旧址

● 林思翔

从江田镇区驱车往南,沿着蜿蜒的山路穿行,便进入长乐与福清交界的莽莽大山。大山深处有一片平缓的谷地,群山环绕,绿意绵绵,其间散落着十来座一二层高的石头厝。这就是南阳村。在午后阳光的照射下,花岗岩墙体闪着金辉,蓝天空远,白云悠悠,这"小巧玲珑"的高山小村,显得格外静美。

村口的绿茵地上,一块大型的石碑上镌刻着醒目的"长乐地下党革命烈士纪念园"。抬头仰望,160步石阶的斜型步道,如一条高峻的山岭,擎托起人民英雄的巨幅群雕,直抵白云生处,其雄伟气势令人震撼!英雄那刚毅的目光、从容的神情,令人油然而生景仰与尊敬,也让人联想这片土地昔日的辉煌和这里人民曾经的荣光。纪念园边上的石雕"南阳魂"三个大字,道出了这个村子在革命战争年代的特殊地位和突出贡献。

这里是1944年8月至1945年6月中共福建省委驻地,当年福建省革命斗争的指挥中心。通往主雕的160步台阶,象征着当年有160名闽中游击队员在这里坚守战斗。

省委旧址就在村头原来的陈氏祖厅里(公婆厅),面积约400平方米。如今已修葺一新，开辟为史迹陈列馆，通过图文和实物为人们讲述当年发生在这里的革命故事。

一

1943至1944年，世界反法西斯战争发生了根本性变化，国际形势日益有利于中国抗战，但国民党反动集团仍顽固推行攘外必先安内、积极反共的方针。1943年4月，为配合第三次反共高潮，国民党反动派在中共福建省委驻地闽北地区及其周围基本地区发动军事围攻。省委上与中共中央，下与闽中、闽东、闽西等基本地区的联系被切断，再加第三战区中心向闽北迁移，闽北斗争形势严峻。为减轻闽北军事压力，省委决定撤离闽北，突出包围圈，转移到闽中地区继续领导抗日反顽斗争。省委主要领导及部分机关干部，在沿线交通站的护送下，于12月间到达永泰县青溪村。

不久，国民党顽固派又在闽中地区成立"七县清剿指挥部"，闽中地区形势日趋紧张。国民党军队及地方自卫队数次对省委机关所在地进行大规模"清剿"，省委机关几经秘密转移，7月下旬到达永泰官烈，并先后派出人员打通到长乐南阳的通道，8月中旬，省委机关转移到南阳。此后，中共福建省委逐步建成以南阳为中心，辐射长乐、永泰、福清、闽侯等地区的抗日隐蔽根据地。南阳成了南方革命的重要战略支点。

福建省委在南阳前后，也是福建省沿海各县第二次沦陷时期。省委于1944年6月19日、9月20日和10月15日，连续发出了《关于新形势与新任务的指示》《关于准备游击战争政策指示》《关于抗日游击战争第二次指示》等文件，指出既要积极争取国民党爱国人士共同抗日，又要打击反动派借抗日的名义组织反共武装和发展私人势力，同时积极争取地主与绅士参加抗日等。

省委到南阳后即召开扩大会议，部署抗日游击活动，确定打出"福建人民抗日游击队闽中司令部"旗号打击日军，揭露国民党顽固派的不抵抗主义，扩大党的政治影响。会后，曾镜冰、左丰美、黄国璋率领省委主力武装100多人，从南阳到闽侯南屿宣传抗日活动，所到之处深得民众拥护。为造成较大的抗日声势，队伍组织了抗日示威游行，他们翻大山、穿小道、跨田埂、过江浦，纪律严明，秋毫无犯，铁流所向，八闽归心，极大地激发了沿海民众的抗日斗志。

省委在南阳与时任长乐国民兵团副司令共产党员郑乃之接上组织关系，并决定以他的合法身份组织开展抗日活动。同时，陈亨源、何胥陶到福清江镜，把自卫队和游击队合并，成立抗日游击先遣队福清支队；省委组织武装，到福清玉龙附近的黄崑村袭击国民党的一个保安中队，缴获机枪一挺、步枪10余支；接着又袭击龙田盐警队，缴获一批枪支；周裕藩、林慕增奉命集中原"沿海突击队"，活动于长乐与福州鼓山之间。

1944年10月上旬，一支日军从营前伯牙潭登陆，从湖里岭窜向县城。长乐人民奋起抗击，中共党员刘家煌带领一支10余人队伍，同时指挥航城战地服务队与赤屿、鹤上等村队伍，从河下江西岸出击，把日军团团围在五里洋中，与日军展开肉搏，全歼日军15人。

省委在南阳期间，高举中国共产党抗日民族统一战线旗帜，动员、争取地主、绅士和一切愿意抗日的人共同抗日。省、地两级领导经常在南阳接见各地的上层人物、开明绅士，发动他们支援抗日。

长乐江田乡长陈惜耕主动与长乐地下党负责人陈亨光谈判合作抗日，并率民众武装500余人，参加牛桶山围歼日军的战斗。江田是国民党区署所在地，靠近南阳，省委能够较长时间在南阳扎根开展活动与乡长的支持分不开。

二

南阳与福清交界的大山名九洞山，顶上海拔525米，山上布满奇岩怪石。有9条坑洞，洞洞相通，坑坑相连，最大的一个洞窟可容纳几十人。从其后面小洞口出去后，过30多米长的"一线天"，可直抵山顶，翻过山就是福清南岭、梨洞一带。由于比较隐蔽的特殊地理条件和较大的回旋空间，当年闽中游击队司令部便隐藏在山上的岩洞间，最大的那个洞窟就是作战指挥室。曾镜冰、左丰美、苏华、程序、黄扆禹、许集美等都在这里留下了革命的足迹。游击队电台就安放在山顶的一座石洞里，由于电台很小，而且用手摇发电，无法与中央电台保持联系，只能通过浙东电台了解党中央的指示。这小电台也被人们称之"永不消失的电波"。当年敌人曾多次派重兵围剿九洞山，但因九洞相通，易守易藏，不曾被敌人攻陷过一次。当地人感叹："撼山易，撼九坑洞难！"

省委在南阳期间还开办了两期学习班，游击队员与倾向革命的社会知识青年几十人参加学习，还从学员中发展了一批新党员。为加强对城市工作的领导，省委决定派庄征前往福州，寻找长期隐蔽的同志了解敌情，开展城市工作，筹备建立闽江工委。

1945年5月，日军撤离福州、长乐、连江等地后，福建省国民党顽固派又加紧反共步伐，发动第五次"围剿"。面对严峻而险恶的形势，6月5日，省委书记曾镜冰在南阳召开紧急会议，作了《坚持气节》的报告，提出"自力更生、赤手起家、隐蔽生产"的口号，省委

夕阳下的南阳（姜亮 摄）

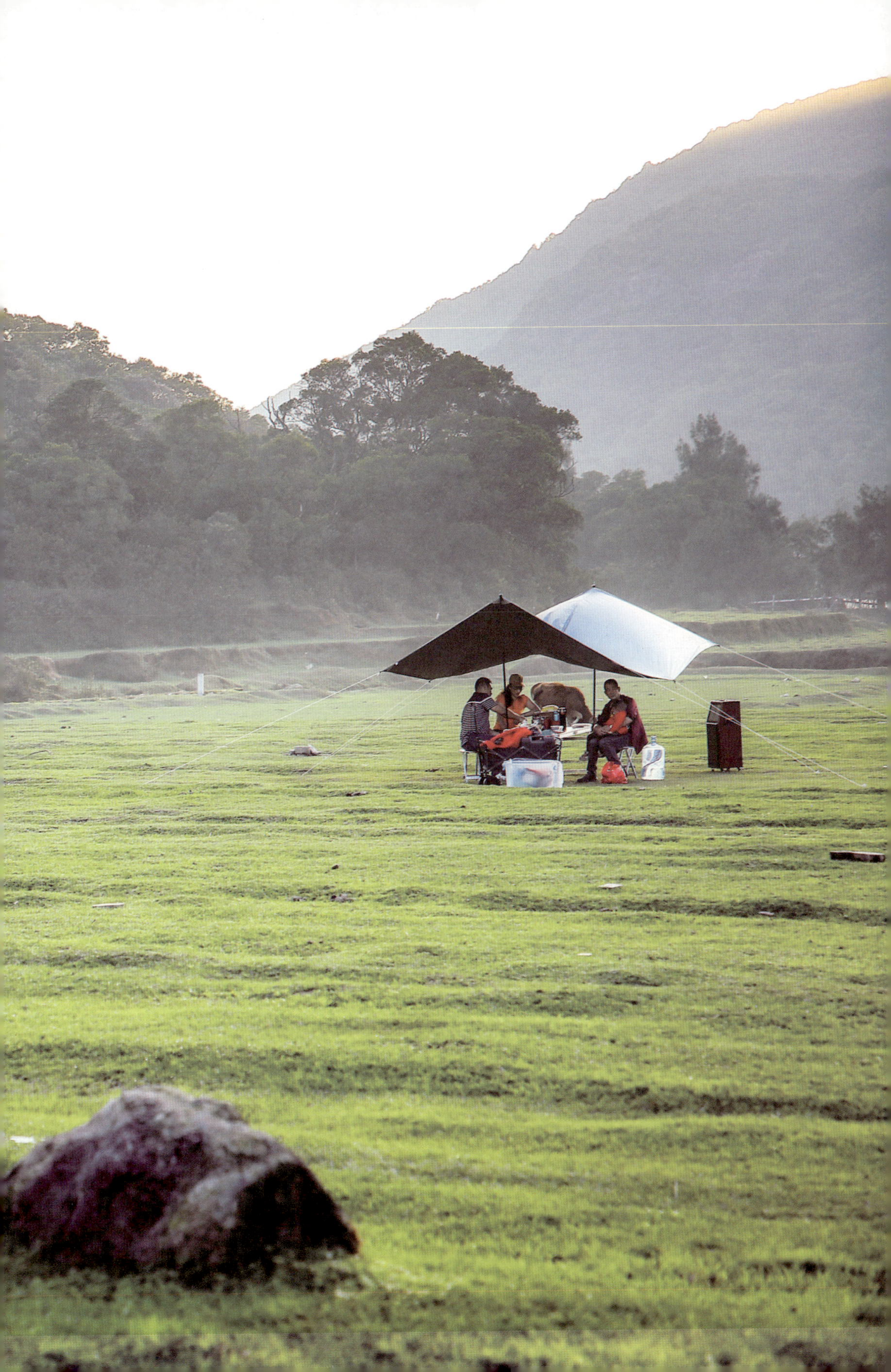

做出了"为分散掩蔽发展民主游击战,扩大民主掩蔽根据地,建立地下军,粉碎国顽五次进攻"的决定。会后,武装队伍分成几路,有的上山,有的下海,进行隐蔽活动。随后,曾镜冰等人率省委机关警卫队最后撤离南阳,进驻玉田龙卷墓农场,重整队伍,部署全省游击战争,10月转移到林森县(闽侯)溪里山。

省委驻南阳虽还不到一年时间,但在艰苦的环境里取得了不凡的成绩。正如《中共闽浙赣边区史》所评价的:以南阳为中心的抗日隐蔽根据地的建立是成功的,斗争也是卓有成效的,完全没有辜负华中局所期望的"达到保存组织,保存干部,保存武装的目的。"

三

在参观省委旧址和在南阳村的走访中,始终离不开一个名字——陈亨源。他是南阳人,是长乐和闽中革命领导人。他的家就在省委南阳旧址史迹陈列馆附近的一座二层石厝里,当年曾作为省委机关办公楼和领导的住所。虽经多年风雨剥蚀,墙体依然坚实,门前几棵柿子树枝繁叶茂,象征陈亨源的革命精神万古长青。

出生于1901年的陈亨源家境贫寒,青年时在县城诊所当学徒期间,利用工余时间,攻读上海医学院函授课程,毕业后在长乐松下和福清海口行医,由于医德高尚和医术高超,收费又低廉,深受群众信赖。多年行医的耳濡目染,陈亨源深感百姓疾苦甚于水火。此时,他结识了以皮鞋店为掩护的中共地下党员陈金来,在交往中接受革命思想,认识到只有跟共产党闹革命,才是救国救民的出路。1936年9月他加入中国共产党。

于是,陈亨源关闭诊所,变卖所有产业资助组织经费,以游医为掩护，在福清、长乐交界地带秘密开展革命活动。1936年底他奉命回家乡南阳村发动农运，建立革命基点，南阳村后来成为著名的革命基点村及闽中党组织重要的隐蔽根据地。

1938年8月，中共长乐工委成立（隶属福清中心县委），陈亨源任书记，1940年9月任福长平县委书记。1941年日军进犯，长乐沦陷。陈亨源组建了一支100多人的抗日武装"福长抗日游击队"，他亲任大队长，活跃于长乐、福清交界一带开展抗日活动。他指挥队伍在三溪活抓敌伪参谋长邱玉霖等5人，击毙汉奸伪军30多人。6月中旬，日寇百余人前往江田"扫荡"，陈亨源率领游击队埋伏于三溪后山，乘日寇在三溪小学吃午饭之机，从围墙外向日寇发动突然袭击，当场毙敌3人。日军不明我方兵力底细，遂仓皇撤回县城。这次袭击日军，歼敌虽少，却粉碎了"皇军不可战胜"的神话，大长了民众的抗日斗志。

8月中旬，陈亨源指挥的游击队又在琅尾港击毁日军汽艇，击毙马营地区守备司令中岛中佐及野村分队长以下日军42人，在我军无一伤亡的情况下取得辉煌战果。这次战斗是福州地区也是福建沿海在第一次沦陷期间最成功最著名的一次战斗，参战游击队受到中共中央华中局的表扬和中共福建省委的嘉奖。从此日寇不敢擅离据点，轻举妄动，汉奸走狗更是心惊胆战。

这年12月，陈亨源从平潭潜回南阳开展工作，被国民党保长密报，不幸被捕，被押往福州监禁。国民党特务用尽酷刑，陈亨源坚贞不屈，表现了共产党人的崇高气节。国民党当局无可奈何，遂决定将其押往三元梅列集中营长期监禁。陈亨源在狱中对狱警做了大量工作，争取了押警高健武，在押解去上三元途中，高健武放走陈亨源，并随同逃往长乐，走上革命道路，成为游击队支队长，后在戴云山突

长乐地下党革命烈士纪念园(姜亮 摄)

围战斗中壮烈牺牲。

陈亨源脱险后，遵照省委指示，在福清、长乐边界一带隐蔽活动，国民党反动派不断对游击队进行"清乡"，派特务四处侦探我地下党游击队活动情况，重金悬赏通缉陈亨源等领导人。陈亨源带骨干队伍隐蔽在长福交界的九涧山，睡卧山洞，衣不蔽体，食物基本靠群众冒险接济，饿了就喝涧水，挖些野菜，摸些野味充饥。

1943年6月，陈亨源任中共福清中心县委书记，一年后省委迁到他的老家南阳，陈亨源在省委领导下，积极带领人民投入抗日反顽斗争。

1947年2月，闽中特委改为地委，陈亨源为地委委员，并兼闽中军分区军事委员会副司令员，他发动群众开展抗丁、抗粮、抗税斗争，积极筹款筹枪组织游击队，发展武装力量，做好发动公开武装斗争的准备。在错杀城工部同志的事件中，陈亨源冒着极大风险给省委写信、陈情慎重处理城工部事件。由于他的挺身而出，使许多城工部同志免遭错杀。他坚守组织原则，从不张扬表白。

1949年2月，闽浙赣游击纵队闽中支队成立，陈亨源任副司令员。3月，遭重创的当地国民党反动派把打击重点转向陈亨源家乡南阳，趁大雾弥漫和哨兵不慎之机，以一个加强连的兵力包围南阳，占据制高点，向游击队猛烈射击。陈亨源果断下令突围，战士们乘着浓雾陆续冲出重围。不料，陈亨源心脏病突发，几乎无法动弹，眼看敌人步步逼近，他命令身边仅有的两名警卫员不要管他，自顾突围。警卫员宁死不走，要掩护陈亨源突围，没架几步，警卫员陈敢中弹，流血不止，陈亨源命令他迅速离开。另一名警卫员陈英也不离开，陈亨源把自己廿响驳克枪交给他，由陈英架着钻进竹林。这时敌人已经逼近，一阵乱枪下陈英中弹倒下，陈亨源滚下山崖，躲在深涧大石下。

敌人追到涧边崖头，见手持廿响驳克枪的陈英，以为就是游击队首领，便匆匆撤回福清。陈亨源幸得脱险。

南阳村因陈亨源的带动与影响，仅40多户的村落就有20多人参加了革命，其中献出生命的烈士就有9位。陈亨源堂弟陈亨光曾任中共福长平工委书记，于1947年5月被敌逮捕，10月被残忍杀害于长乐蕉岭。

陈亨源倾家为党，一心为民，鞠躬尽瘁，死而后已。他走上革命道路后，就变卖诊所产业交给组织作经费。他的妻子为躲避反动派的摧残和迫害，隐姓埋名远走上海当佣人，中华人民共和国成立后才被找回来。他有四个儿子，大儿子陈俊敏参加革命死于病榻；二儿子陈俊豪参加新四军，牺牲于皖南事变；三儿子陈俊毅参加闽中游击队，因积劳成疾病故；四儿子陈俊雄，中华人民共和国成立前和其姐陈文萍一起被国民党抓捕入狱，释放回来后，改名换姓送福州孤儿院，幸存下来。还有三个女儿，或寄养或送人，颠沛流离，过着艰难的生活。

陈亨源为首任闽侯专署专员，兼省支前司令部副司令员。由于战争年代险恶环境和艰苦生活，长年累积的顽疾和劳累，把他压倒在病榻上。1950年8月28日，陈亨源同志终于停止了呼吸，享年50岁。他被安葬在长乐塔平山南坡，墓前镌刻着对联：抗日驱伪名扬四海，反顽除暴威震戴云。简明概括了他战斗光辉的一生。陈亨源同志的高风亮节永远彪炳史册。

走出南阳省委旧址史迹陈列馆，陈振先烈士在狱中写给家人的遗言，一直在耳边回响，感动着我。陈振先曾任中共福（清）平（潭）工委书记，牺牲时年仅25岁。他是这样写的："亲爱的母亲与弟妹们，我知道你们为了我的缘故洒下不少辛酸的泪滴，但这完全是多余，而且是不应该的。'人生自古谁无死，留取丹心照汗青'。我觉得这应当是我们的无上光荣与慰安。目前虽是黑暗重重，然这正是黎明前的象征，请你们安心地等待着吧！度过了这冷的严冬，春天一定就会来到人间了。"如今烈士的预言实现了，我们生活在满园春色的人世间，他们却长眠于地下。我们当铭记先烈，弘扬正气，来告慰烈士英灵。英烈不朽，浩气长存！

梅花镇的春天

● 林朝晖

我对梅花镇还是有印象的。几年前,梅花盛开的季节,我和几位文友来到这块风水宝地游玩,印象最深的是将军山风景区,那里种植着红梅、宫粉梅、白梅、绿萼梅等名贵梅树,艳丽多彩,芬芳袭人。

离开梅花镇虽然多年,但记忆中的梅花还时常在我眼前像火一样燃烧。今年春暖花开的季节,带着对那片土地的眷恋,我到梅花镇采访,一路直行,街道干净宽阔,房屋整洁雅致,路旁沙滩的滨水岸线,以自然、开放、现代的独特气质与神韵,展现在我的眼前。

车到梅花镇,当地乡贤黄金兴陪同我参观。黄金兴年届七旬,仍精神矍铄,身板笔直,目光炯炯。

我们一行从梅花镇西施弄往里走,沿青石路蜿蜒前行,不时出现的彩绘让人眼前一亮。黄金兴介绍说:"西施弄过去是梅花镇通往码头的必经之路。街上曾经开满了店铺,现在这些老房子全部保留修缮,目前正在招商引资,下一步计划在这里打造一条聚集本地美食的古街,壮大文旅产业。"

黄金兴如数家珍地介绍梅花镇:梅花镇自唐至今已有1200多年历史,是著名的千年古镇,为历代军事要塞,扼闽江"南喉",域内山川连绵、岛礁起伏、鸟语花香的自然风貌，为海滨渔镇构筑了一幅幅独特、独有、江海融汇的亮丽风景线。

交谈间，我们来到梅花镇林位宫，这里因供奉着抗倭将领林位纪念馆而闻名遐迩。在林位宫参观，我仿佛走进了时光的隧道，每一阵风吹过，都会向我讲述一段刀光剑影的故事；每踏一步石板，都会踩响一段尘封的往事。

据史书记载，嘉靖三十八年（1559），奉命镇守梅花城的林位接到了情报：海上几股曾被梅花军民打得落花流水的倭寇纠合在一起，数千人正商议一起攻打梅花城，打算将梅花城洗劫一空。

梅花城三面临海，易守难攻，守城的兵力加上城里的百姓只有三四千人，很难经得起强敌的进攻。如果倭寇把梅花城包围，并切断梅花城与外界的联系，后果不堪设想。

林位接到情报后，不敢掉以轻心，一方面让人加强巡逻，增强守备；另一方面则向省城报告，请求支援。省城的援军还没来，倭寇的船只兵临城下。林位见此情景，立即部署兵力，指挥将士们打退了倭寇好几次的进攻。倭寇虽然吃了败仗，但这次他们显然是有备而来，他们仗着人多势众，从外围包围了梅花城。

第二天一大早，林位愁眉不展地走在梅花城的城墙上。省城的援军要到傍晚时分才能赶到，而倭寇的总攻在中午时分就要发动。敌强我弱，城破之时难免生灵涂炭。有什么办法能让倭寇暂缓攻击呢？眉头紧锁的林位看了一眼墙外的倭寇，忽然计上心头。林位让城里的妇女编织了几十双三四十厘米长的草鞋。梅花妇女心灵手巧，很快就编织好了。

林位乔装改扮成小贩，带着这些草鞋，偷偷从小路绕到城外，故意在倭寇的军营外经过，让自己被他们抓住。倭寇不认得林位，却对草鞋很稀奇，便问林位这么大的草鞋有什么用？林位故作神秘地说："梅花城内的军民身高体壮，这种草鞋就是专门为其特制的。这几天听说城里又来了很多援兵，草鞋不够用了，我们连夜赶制了一批，希望发点小财。"

倭寇一听，大惊失色。原来，海上的倭寇多是日本人，身材比较矮小。平常的中国人对他们来说，都已经很高大了，如今穿着三四十厘米长的草鞋，那都是巨人啊！和这样的巨人作战，不就如同小孩挑衅大人？于是，倭寇一个个都觉得这战没法打，商量之后，决定暂时退兵。

林位见敌人中计，趁机调动兵力，准备出击。此时，援军刚好提早赶到。于是，几股兵力里应外合，痛歼倭寇，大获全胜，让梅花城化险为夷。倭寇经过这次大败，元气大伤，好几年再也不敢来福建沿海骚扰。

林位足智多谋，那些年，他在与倭寇周旋的过程中，还巧施"倒剩饭计"等妙计，巧布黄瓜(鱼)搏命阵、葫芦(尿壶)阵等妙阵，令倭寇心惊胆战，使梅花城化险为夷。后来，林位因积劳成疾，病逝于梅城。林位身后被梅花、壶江一带渔民尊奉为"海上保护神"。

梅花镇的百姓很有个性。远古年代，人们舞枪弄剑，以舟为马、以风帆为翅，敌过倭寇，战过海盗，虽讨海为生，却昂着头不媚权贵，不为五斗米折腰，即使在艰难岁月也不忘踏雪寻梅。进入新时代，梅花镇百姓无论身处何方，都显露出不畏艰险、英勇奋进的品质，续写着祖祖辈辈崇尚英雄、开拓创业的诗篇。在这种背景下，林位自然就成为当地百姓心里的偶像，成为一个人们津津乐道的传奇人物，一个让人仰望的大英雄。每年遇到重大节日，林位的庙址朝拜者川流不息，香火缭绕，鞭炮爆竹声不绝于耳……

将军山上的梅林（陈勋　摄）

我们参观了古城广场、乡约所、许孝位故居、古城东门。这里的每一个宅院、每一条小径、每一个屋子、每一个角落似乎都深藏着悠远跌宕的历史；每一级台阶、每一堵石墙、每一扇门仿佛都在倾诉着那段如烟如雾的往事。如今，一切似乎都已尘埃落定，一切又仿佛隐藏着繁华褪尽后沉淀下的宁静。

我参观的最后一个景点是将军山，现在虽然不是梅花盛开的季节，但山上人头攒动，站在山顶眺望梅花镇，宛如进入一幅幅美丽的田园画卷：一条条干净宽敞的水泥路蜿蜒至村落，一座座农家小院房前庭后绿树掩映，成片的房屋整洁漂亮、错落有致，蓝天白云、秀水青山、碧野山庄融为一景，让我们真切地体验到乡村游的神奇魅力。

黄金兴告诉我，这些年梅花镇不但完成了山上梅壶友谊楼及夜景灯光工程，还实施了将军山公园绿化，在环山绵延的梅园中建起了赏梅木栈道，有效提升了公园的品位和景观效果。梅开季节，外地慕名前来观花赏梅的人更是络绎不绝……

进入新时代，梅花镇在区委、区政府的领导下，党委一班人围绕"产业兴旺、生态宜居、乡风文明、治理有效、生活富裕"的总体要求，对梅滨路两侧建筑立面进行整治提升，对梅花古城进行保护修缮，着力唤醒"古城"记忆、守住"乡愁"底色，完成区级文保单位乡约所修缮工程，深度提炼出历史文化中的美丽庭院、微景观。如今明代遗存的东门古城墙已显山露水，将与千年古井并存，形成乡村的特色山海游，为群众提供体验乡贤文化、乡风民俗的绝佳场所。

思路一变天地宽。以前在梅花镇，大部分人以打鱼为生，基本上都是靠天吃饭。进入新时代后，梅花镇在文旅融合上做足文章，结合当地特色，深入探索发展文旅产业结合渔港、渔村、渔民等文化元素，不断提升改造全镇公共服务设施，保留丰富的渔家文化和各种特色美食，又融入现代气息。这些创新举措给梅花镇带来了新气象，四面八方的游客纷至沓来，一边欣赏歌舞，一边品尝美食，带动了当地水产品的销售。

心中有丘壑，眉目做山河。镇党委因地制宜，一系列组合拳为美丽乡村建设注入新力量。目前，幼有所育、学有所教、老有所养、住有所居……一幅幅安居乐业的图景构成了梅花镇乡村振兴的生动画卷。他们的目标是让梅花镇成为长乐区一张闪亮的名片，一个文旅融合的响亮品牌。

在梅花镇土地上行走，我深深地领悟到梅花镇的美，这种美不仅在于外表，还在于当地政府、百姓、乡贤热爱土地之心。作家简梅无疑是其中很有代表性的人物，她出生在梅花镇，多年来致力于梅花镇题材的文学创作，笔耕不辍，作品频见于《人民日报》，反映家乡闽剧的散文《一曲千年的唱腔》在《人民文学》发表后，在国内文艺界反响热烈，获福州市茉莉花奖一等奖。拜读这些作品，我发现她从梅花镇富有烟火气和人情味的小切面、小人物入手，于无声处感受梅花镇脉搏的跳动，起到"不是广告却胜于广告"的效果。梅花镇因为她妙笔生花的文章闪耀出夺目的光辉，就像刚出蛹的蝴蝶飞舞在晨曦中，不少游客和文学青年慕名而来。对于远方来客，梅花镇百姓笑脸相迎，他们带客人们到镇里转悠，面对故乡的山山水水，开始引经据典，侃侃而谈……

据了解，梅花镇有不少像简梅、陈键飞、陈礼球、黄金兴这样的乡贤，他们热爱自己的家乡，他们历经艰辛，编纂出版了《长乐海丝拾古（梅花篇）》《梅花》《长乐镇志》等，让记者和游客通过书籍，深入地了解梅花镇历史和发展脉络。

乡贤不遗余力地挖掘梅花镇古往今来的故事，成就了梅花镇的一个个亮点，家乡是他们心之所系，梦之所绕、他们辛勤耕耘，薪火相传，是梅花镇的珍贵财富和资产。

离开梅花镇的时候，我迎着海风来到长堤边。眼前，灿烂的阳光在海面跳跃，不远处的渔港生机勃勃。刘国海告诉我：梅花镇正全面融入全域新区、全域新城大发展格局，围绕"深学争优、敢为争先、实干争效"领航现代长乐、国际航城建设行动，持续加快福州市闽江口文化旅游基础设施提升工程、渔民之家梅花记忆馆等建设，积极引导民间资金参与渔港建设，五显鼻渔港将来可停泊六百多艘渔船，在基础设施方面，实现梅花镇区主干道向外环拓展，与滨海大道连接……

一阵清风徐来，我的身子微微一颤。恍惚中，海水开始鲜活地移动，朵朵浪花的下面隐约闪动着一个个风华正茂、充满青春活力的汉子。他们光着膀子，弓着身子，怀着希望与梦想，唱着渔夫的号子歌，向前迈出铿锵的脚步，浪花流走了他们金色年华，却没有流走他们自信豪迈、敢于拼搏、生生不息的禀性。

在我浮想联翩之际，一只海鸥从眼前飞过，它欢快地张开翅膀，尽情地享受着飞翔的快乐，它向着大海深处飞去，向着春天飞去……

梅花镇夕阳下的海边滩涂（陈勋 摄）

千年府第街

● 鄢秀钦

站在高处俯瞰和平街，白墙黛瓦风火墙，青石的街道向晚，典型的福州古民居建筑风格，难怪人们将它称作长乐版"三坊七巷"。但本地人并不满意这个比喻，在他们心中和平街是独一独二的存在。

东南舟航城，千年府第街。和平街原名东关街，东起镇海门，西至下橹桥。唐末至五代是长乐的政治、军事中心、文化和商业中心，宋元明清为达官显贵的主要聚居地。曾经的和平街名人辈出，书斋林立，先后走出两位状元、66位进士。此外，街区内保留了大量布局完整的明、清、民国大厝。可以说，这里的一砖一石、一木一瓦，都流淌着长乐人的文化根脉，珍藏着长乐人的"乡愁记忆"，是名副其实的长乐第一街区。

石不外运

梁思成说："建筑是一本石头的史书，它忠实地反映了一定社会之政治、经济、思想和文化。"我想，和平街修复工程的设计者是懂乡愁、懂历史的。走在和平街街区里，随处可见石的风景、石的古迹。

街区临时停车场右侧,是吴航古城城墙遗址公园。古城墙景观带分为南北两段,总长135米,南段修有半下沉步道,中间新修了一座拱形桥,可供游人俯瞰城墙。工匠采用传统修复工艺,内侧用菱形砌法铺砌,外侧用条石铺砌,中间是2米多厚的夯土层,看上去古朴又自然。

在古城墙北段,即长乐高级中学门口,是新修复的和平街东门——镇海门。这是一道有意为之的"残缺之门":墙体斑驳,呈半倾倒状;砖石长短不一,略显凌乱地堆垒着;几只铜鸟停在残垣上,几欲飞走……在中国传统思维里,通常追求"圆满"之美,而眼前的残门却有一种"残缺之美",如同文学、绘画作品里的留白,能给人以无限遐想。设计师还巧妙地在古城门下设计了形形色色的足印,有达达的马蹄印,有挑夫沉重的脚印,有孩子轻快蹦跳的脚印,也有赶考学子匆忙的脚印……置身其中,仿佛穿越回历史上繁华的和平街,街头商铺林立,车水马龙,叫卖声不绝于耳。

城门边上立有两块石碑。其中一块是嘉庆十九年(1814)所立的通衢碑,记载了长乐水系分布及东关街修渠建桥等内容,反映了明嘉靖以后城墙扩建,河道、桥梁修葺与商贸街市间的互动关系,是和平街区从司马第的内部道路逐步发展成为南北通衢的重要物证。另一块是崇正堂记碑,大部分碑文已被侵蚀得模糊不清,但可以看到石刻云纹装饰以及篆书"崇正堂记"。

过镇海门,进入主街道,石头的元素就更多了。游客服务大厅前的广场上,是一幅大型的石雕长乐全域地图"福地长乐",告诉人们"长乐人从哪里来";一条青石小巷被命名为雨巷,能自动喷洒雨雾,再现了戴望舒诗中那朦胧又幽深的意境;残缺的砖墙伴生一株绿意盎然的爱心树,一下子有了爱情的浪漫和缠绵;各具长乐风俗民情的石头雕塑,散落街头各处;甚至连最平常的石砌山体、树池砌石,也都凝聚着设计师对石头的巧妙构思和设计。

据说，这么多的老砖石能够保留下来，与"和平街1号指令"有关。

2018年街区施工伊始，和平街指挥部立下了一条不寻常的指令——"石头不外运"，"我们要求施工人员和街区安保必须对每一车外运的渣土进行认真筛选、检查，确认没有老石块、砖头等建材后才放行"。不到一个月，石头、砖块堆成了一座小山。经过清洗，专家发现了青瓷碎片、古代石权等老物件。

更大的惊喜还在后面。2019年，施工队在施工过程中接连发现了长乐明城墙、元代路基，并通过发现的城门石臼确认了古城东门"镇海门"的具体位置。在清理沟渠时，还发现了数十块石碑文，经过清理确认为四通记事碑。

据史料记载，长乐于唐武德六年（623）建县，但是历经宋、元均无城池。明弘治三年（1490）吴航始筑城池，初筑之城，"广袤仅里许"，城小如珠。嘉靖三十二年（1553），巡抚王抒、巡按赵孔昭扩建长乐城。崇祯十四年（1641），知县夏允彝再扩城。清乾隆二年（1737）、十一年、二十一年重修。这些文物的出现，为长乐明代古城格局提供了重要实证。

后来，在街区改造修复的过程中，和平街"不外运"的石头以及从周边农村收集来的大量条石，成为还原古建筑、古城墙的材料，重新融入古街的肌理脉络，成为人们看得见的街区记忆。

古 建 档 案

长乐历来就是福州水路门户、陆路咽喉，和平街作为城关通往南北乡的必经之道，自然成为达官贵人、耆宿名儒的聚集地。

走进和平街，仿佛走进古民居历史博物馆，唐宋的民居残墙、遗址，成片的明清古建筑，民国的传统民居……它们按着时间顺序串成线，记录下长乐各个时期的建筑艺术和特点。讲解员小雯告诉我，为了保护好古城的风貌与个性，和平街还专门成立了文史资料组，通过口述和文献收集的方式，为古建筑存档立传，"一栋一档"，让每栋楼都有故事可讲。

在和平街里，我找到了两处唐代古民居遗址，一处是唐汾阳郡王郭子仪后裔郭嵩的府第，一处是五代闽王国银青光禄大夫上柱国王想的府邸"王厝园"。据《福州郭氏支谱》载："懿宗咸通年间，王审知堂弟王想任闽省节度使。郭曜孙郭嵩(官授枢密使)，随同王审知从弟王想，自河南光州固始县奉王（汾阳王）图像香火入闽，居于新宁县郭坑村（今长乐芝山）。"长乐芝山为郭氏入闽始迁地，汾阳王庙就是历史见证。王想受命以银青光禄大夫、上柱国摄长乐县令后，在山明水秀的芝山之麓选址建宅，安顿家眷。王想死后，舍宅为寺，寺名"观音"，因此汾阳溪又名观音溪，太平桥俗称"观音桥"。现在还能看到王想府邸南东院的遗留下来的花基。

北宋江西虔州知州刘彝的府第也在和平街上。刘彝是长乐人，北宋著名水利专家，他设计的赣州市城区排水系统福寿沟，经历近千年依然完好畅通，至今仍是居民日常排放污水的主要通道。

和平街167号"芝山苑"，是南宋宋魏王七世孙、尚书郎少保赵彦括及其子南宋著名词人赵以夫的府邸。"芝山苑"始建于南宋初年，坐北朝南，前后共三座。南宋末年赵以夫的族人多数迁到漳浦乃至广东和海南岛，留居者少。明洪武八年（1375），龙八宁房二十五世高景和从赵氏后人购得芝山苑前座、中座，并重建，后座在清朝被张氏和刘氏购置。"芝山苑"前座官厅现仅存水波沿石门框等；中座保存明建筑，建筑面积626平方米；后座经碳14检测鉴定为元末明初建筑。其西山墙的瓦砌"人"字墙、北"圆形"土坯墙及水波沿石门框、水井等均为宋代"芝山苑"遗存。

和平街素有"闽东建筑，明清瑰宝"之称，明清大厝连成片，规模宏大、布局严谨、装饰素雅。明朝有兵部右侍郎陈省的府邸"司马第"与工部尚书陈长祚的府第，清朝有参与京师同文馆的组建的翰林院待招林云泰的"翰林苑"、中国第一批铁路工程师、主持筹建芦汉铁路、担任漳厦铁路总工程师的陈庆平的宅第等。其中，最有名的当属长乐五第之冠的司马第。

明万历年间，陈省辞官返乡，为了家族的发祥，决定在六平山下扩建旧宅。经与族人商量，购得了从东风巷到今司马第门楼附近的大片土地和民房，鸠工庀材，历经数年终于建成三排，共计三十六座大厝，供全族上下居住。同时，他还在自家田园鳌头另建了一片民居，供杂役和长工居住。据说，大厝落成后，陈省曾得意地作诗："当年此处数十家，而今统作一官衙。"从诗中可以看出，司马第扩建后面积达到整条司马巷，这个时期的和平街几乎成为司马第建筑群的内部道路。

然而，随着时间的推移，"当年王谢庭前燕，飞入寻常百姓家"，除了最主要的司马第官厅现还有陈省后裔居住，大部分宅院已被他人购走，换了一波又一波主人。

和平街180号的陈氏民居就是"司马第"原建筑群之一，清代由长乐著名海商陈利事购置并重建，后由其四代孙陈丕满继承，俗称"丕满厝"，民国重修。民居坐北朝南，前后共三进，是目前长乐城区保存最完好、最大的古厝，现辟为长乐士绅文化展示馆。

走在"陈省故居"正门前的司马巷，还可以邂逅长乐第一家西医院长李廷康的故居、陈鸿洲故居"寄园"、拨浪鼓弄风火墙等古建民居。

和平街（赵马峰　摄）

学舍传奇

六平山下绿树依依，汾阳溪畔流水潺潺。山环水绕的和平街自古就是培育人才的圣地，琅琅书声如同那潺潺的流水，千百年来未曾中断过。

明代国子博士林慈在《进士题名记》中载，"长乐文风之盛，萌芽于唐，呈露于宋，而大阐于我明"。历史上的和平街书斋、书院林立，最负盛名的有十所，世人合称"和平街十书斋"，即位于汾阳溪东西两岸的"角山书屋""苟有山房"（俗称"甲峰书斋"）、"东溪精舍""枕漱山房""翰林院"等。其中，民间流传最广的是东溪精舍"十年两状元一榜眼"的科举传奇。

早在南宋时期，长乐岱边人陈合就开山肇建"天地四方宇"，作为读书吟咏、修身养性之所；明初邑人曹贤在此定居读书，改名为"六平书室"；明洪武三十一年（1398），知县王遵道改名"东溪精舍"，礼聘削职为民的陈洵仁为讲席，收吴实、马铎、林应、高淮、周瑶、李骐、谢复进、高沂、林山乔、陈全等十名学生。

陈洵仁，长乐江田人，字恩允，洪武十七年（1384）乡试，他与叔父仲完、从弟湜一起考中举人，时称"一门三举子"，陈洵仁名列全省第七。

陈洵仁饱学多才，《长乐县志》称其"诗学精深"。名师出高徒，在他的精心教导下，从弟陈全于永乐四年（1406）高中榜眼，马铎于永乐十年（1412）高中状元，李骐于永乐十六年（1418）高中状元，其余七名学子也陆续登科取士。这样成绩别说在福州没有先例，就是放眼全国也是罕见的，真可谓"通都大府所弗能及"。

时光流转到清朝，光绪三十一年（1905），科举废，新学兴，"帝谕立停科举以广学校"。长乐地区的书院也逐渐没落，一些新式学校、外国人办的教会学校开始兴起。

1911年，美国人办的岭沙女校迁到和平街府埕顶一带，开启了长乐近代教育的先河。一位女校老师在1912年的日记中写道："女校所在的山丘上长满野生的丁香花，漫山遍野，好像女校中那些纯洁的学生。他们已经在县城找到了一个极好的位置，足够大到开展各种工作……"

岭沙女校稳定下来，又办了格致男校。据长乐一中校志记载，1931年，男女学校合并，有小学部、初中部，成为远近闻名的优质学校。中华人民共和国成立后，政府对这所学校加以改造，并入县中和建华中学，这就是现在长乐一中的前身。

"我怀念榕树下洁白的石桥，桥头兀立的刻字的石碑，桥栏杆上被人抚摸光滑了的小石狮子……"1979年，客居他乡的长乐游子黄河浪写了一篇散文《故乡的榕树》，荣获香港第一届中文文学奖散文组冠军。也是在这一年，和平街又多了一所新学校，长乐师范学校落户太平桥东、汾阳溪畔。随后的25年间，长乐师范学校培养了一茬又一茬的"小学教书先生"。2003年，长乐师范学校完成使命，转轨办学长乐高级中学。2022年，长乐高级中学首占新校区获批……

岁月荏苒，那些曾经的学舍、学校，或解散，或合并，或迁移，离开了这条千年古街。但是它们的光荣与梦想，不会就此消失在历史的星河中。在和平街的小广场上，矗立着一个老校门，那是古街留给每一位师生的念想，上面写着"所谓教育，就是拆除这种无形的门，可以自由地翱翔于知识的天空"。学校或许会消失，但文脉之河将汩汩流淌，生生不息……

津津乐道

长 安 久 乐

CHANGLE

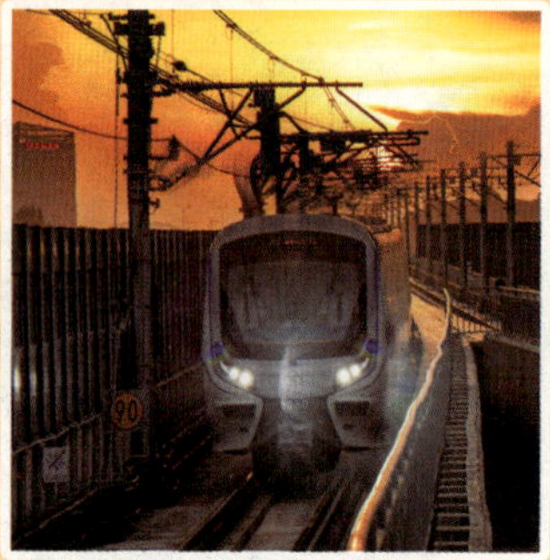

八尺薯藤，一念众生

● 黄文山

自13世纪开始，世界各地陆续进入小冰河期，于17世纪达到巅峰。小冰河期导致地球气温大幅下降、粮食减产、社会动荡、人口锐减。小冰河期发生灾变之时，是明中期到清中期。这也是中国社会经历的第四次小冰河期，其时就连广东和海南冬季都狂降暴雪，而安徽、江西等地甚至有盛夏飘雪的记载。极度酷寒带来的直接结果，便是粮食大幅减产。因为除了严寒，还有持续干旱，而在旱灾之后，接踵而至的便是蝗灾和鼠疫。前三次小冰河期的到来，都让中国人口锐减超过五分之四，比如东汉末，汉族人口6000万。几十年灾荒和大战乱后，到西晋一统时，人口仅余770万。唐末，汉族人口也是6000万，到北宋初年仅剩下2000万。明末清初虽也经历了灾荒和多年战乱，但全国人口只减少了一半，尚达5000多万。这很大程度上得益于从海外传入的红薯、土豆、玉米等抗旱高产作物的推广种植，正是它们拯救了大批在死亡线上挣扎的灾民。

首次将红薯引进中国的是福建长乐海商陈振龙。但这绝不是一次平平常常的贸易活动，其所冒风险甚至可比希腊神话中以生命代价盗火给人类的普罗米修斯。

正值暮春时节，风和日丽，天朗气清，我来到长乐鹤上青桥村瞻仰陈振龙故居。步入村庄，只见一座普普通通的农家宅院，正静静地沐浴在春天和煦的阳光下，散发着花草的芳香。如果不是故居里展列的图片和文字介绍，可能很多人并不知道，这素朴的泥瓦土墙里竟藏着一个个感天动地的故事。

陈振龙生于嘉靖年间，自幼刻苦课读，20岁时即考中秀才，但乡试屡次不获，于是弃儒经商。此时正值隆庆元年（1567），朝廷解除了自洪武年间颁布的延续近200年的禁海令，海门一开，百业兴盛，海上贸易日渐活跃。陈振龙也随长乐商帮到了菲律宾吕宋岛。正是在这里，他第一次见到了红薯。红薯原产于南美洲，最初是作为船上的压舱物被西班牙人带到菲律宾的。由于这种作物不仅生吃煮熟吃都可以，而且生产期短、产量高，即使是在沙土地上也能种植，还特别抗干旱，很快就成为吕宋当地人的重要食物。他立刻想到家乡的境况：气候干旱，土地贫瘠，粮食产量很低，常年闹饥荒。于是他有了将红薯引种家乡、造福乡梓的想法。一得空，陈振龙就冒着烈日走进吕宋岛的乡间地头，向当地农民详细了解红薯的种植和储存方法。

但让陈振龙发愁的是如何才能将薯种安全地带到自己家乡。当时菲律宾处于西班牙殖民统治之下，对从南美洲引进的红薯管控非常严格，不容许一根薯藤被带出境。为此，陈振龙想了很多办法。第一次，他将红薯混装进其他货物里，被海关查出，受到处罚。第二次，他将薯藤编进箩筐，又被查出，还险获牢狱之灾。但陈振龙不气馁，他在码头不停地转悠，发现不少渔船船帮上都绑有粗大的吸水绳，顿时有了主意，以重金买通一家船主，而后将八尺薯藤秘密绞入吸水绳中。万历二十一年（1593）春天，陈振龙终于成功地将薯藤经漳州月港带回长乐。

而从第一眼看到红薯，到将薯藤安全带回故乡，其间整整用了25年，陈振龙也从满头青丝的年轻人变成一位皤然老者。

回到家乡后，陈振龙开始在自家地里试种红薯，当年就获得丰收。欣喜之下，陈振龙吩咐儿子陈经纶上书福建巡抚金学曾，希望能借官府之力，推广种植红薯，以缓解闽人缺粮之虞。陈经纶向金学曾报告了陈振龙从吕宋引回薯藤的经过，列举红薯的种种优点和种植方法，说红薯有"六益八利，功同五谷"，建议广种，以解粮荒。金学曾对此十分重视，"即觅地试栽。俟收成之日，果有成效"，遂决定在全省推广种植红薯。万历二十二年（1594）漳州等地出现严重干旱，金学曾下文要求闽南各县广种红薯救灾，并让陈经纶携带薯种前往闽南，教当地农民如何种植。四个月后红薯丰收，旱饥得解，百姓欢愉。金学曾还在陈经纶提供的《种薯传授法则》的基础上，写了一本《海外新传》，书中对红薯的传播路径、生长习性、种植要求都做了详细记载。这也是中国第一部薯类种植专著。明朝首辅叶向高认为"此乃金公大造之功"。当时福建人感激金学曾，将这种原名"朱薯"的作物称为"金薯"。因为是从海外引进的，后人则普遍称之"番薯"，金学曾也因此被尊为"番薯公"。

这之后，陈经纶、陈邦彠、陈以柱、陈世元以及陈云、陈燮、陈树，陈家七代人将番薯的推广种植如同接力般一代代传下去。陈经纶的儿子陈邦彠经商往来于江西和浙江，见江西丘陵地带干旱少雨，不适种水稻，当地百姓常食不果腹。于是他与儿子陈以柱极力劝说农民种植番薯，并亲力亲为，觅地做出示范。很快，番薯种植就在长江流域推广开来。陈以柱还大胆地选择在安徽的盐碱地和沙地上培育薯苗，并获得成功，这大大提高了江浙一带番薯种植的产量。后来，陈以柱到江苏、山东等地经商，又将番薯种植推广到了黄河流域。

陈振龙出生地（姜亮　摄）

最值得一提的是陈以柱的第三个儿子陈世元。陈世元年轻时在山东胶东经商,正遇到"旱涝蝗螨,三年为灾",粮食绝收,民不聊生。他赶紧从福州招募有经验的农民到胶州来种番薯。他还让长子陈云四处张贴告示,免费向当地农民赠送薯种,传授种植方法,成功地缓解了当地的饥荒。陈世元自山东种植地回到长乐老家后,还将种薯经验编写成《金薯传习录》一书。尤其让人动容的是,乾隆五十年（1785）春夏之交,河南大旱,时年已逾八旬的他请命自愿携带种苗与孙辈一道前往河南开封教种番薯。乾隆为此谕示河南巡抚毕沅："陈世元年逾八十,自愿携带薯子,挈同孙仆,前往教种,属甚急功……"至当年10月,陈世元积劳成疾,不幸去世。乾隆闻讯叹息并赐匾嘉奖。匾上即题写"属甚急功"四个大字,以表彰陈世元救急赈灾的重大贡献。

番薯在中国推广,不仅仅是陈家六代人的努力,还得到一批有识之士的鼎力支持。山东的王象晋即是其中一位。王象晋出身官宦世家,曾官至浙江右布政使。他热衷农业耕种,自号"农居士",中年脱离宦海后的大部分时间都是在家乡经营农业。当王象晋听说陈振龙引薯种回闽后,便主动联系陈振龙,准备在山东引种栽培,开展试验。后来他将自己的种植经验总结为《群芳谱》,其中的"甘薯篇"对番薯的种植方法、性能、收采、保存、制作等方面都作了全面说明,他认为山东的沙地最适宜种番薯。书中的有关内容被乾隆时期山东布政使李渭转引在《种薯法则十二条》中,对推动番薯在山东等地的广泛种植起了很大作用。

徐光启是明代著名科学家、农学家,官至崇祯朝礼部尚书。万历三十六年（1608）,江南发生大水灾,导致谷类作物减产。为解决因灾造成的粮荒,徐光启委托在福建的学生购买薯种,用木桶运至上海，先在自己家的园地里试种，之后推广到各地。他写下《甘薯疏》，介绍甘薯传入中国的经过和栽培技术等。徐光启为番薯在中国的推广不遗余力，在所著《农政全书》中盛赞甘薯的优点有"十三胜"。他还提出利用窖藏的方法破解薯种越冬的难题。

福州人翁若梅则被人称为"红薯县令"。乾隆三十二年（1767）他出任四川黔江县丞，在任期间，正值黔江干旱，粮食歉收，百姓饥馑。于是他写信向陈世元求助，陈世元寄去《金薯传习录》，介绍番薯种植方法。翁若梅于是召集各乡里长到县署开会，商议如何推广种植番薯。他还亲手抄录多份《金薯传习录》到各乡，并请陈世元派人运送番薯种苗来黔江，教会农民种植。在他的努力下，黔江番薯获得丰收，有效缓解了灾情。番薯种植也由黔江迅速传播到四川盆地和云贵高原。

道光年间，何则贤等士绅文人在福州乌石山建"先薯祠"祭祀巡抚金学曾，附祀陈振龙及其子孙，感念他们造福乡梓的卓著贡献。后"先薯祠"废。1957年，经福州市人民代表提案建议，于"先薯祠"旧址附近建"先薯亭"。

先薯亭，纪念的不仅仅是陈振龙一个人，而是对陈家七代人以及一批勤劳为民的官员的集体礼拜。正是因为他们的远见卓识和接续不懈的努力，让来自南美洲的番薯在中国大地落地生根，结出硕果，成为百姓主要粮食来源之一。

离开青桥村，告别陈振龙故居，但八尺薯藤依然萦绕在我的脑海中，还有那藤蔓上的芸芸众生，悠悠岁月。

"修身"为本,"算学"为用

——经学家、数学家柯尚迁

●鲁普文

柯尚迁(1500—1582),明代著名的经学家、数学家,长乐十四都柯百户(今长乐漳港街道百户村)人,字乔可,原名文迁,自号阳石山人。他精通儒经,擅长珠算。《长乐县志·艺文志》中记载:"《周礼全经释原》十二卷,又附录十二卷;《曲礼全经十五卷》。"其中作为《曲礼全经》"附录"的《数学通轨》是重要的数学著作。

柯尚迁自幼聪颖,走的也是应试科考之路,读书勤勉刻苦,但他的仕进之路颇为坎坷。嘉靖二十八年(1549),年近五旬的柯尚迁才成为贡员,翌年入国子监;嘉靖三十八年(1559),授直隶顺德府邢台县(今河北邢台)县丞。柯尚迁为官清廉,尽心尽力为百姓办事。

嘉靖四十一年(1562),柯尚迁致仕,开始时寓居南京,但故乡无时不魂牵于心,于隆庆五年(1571)回到百户村。

一

柯尚迁是一位饱学之士,他熟记经史,学识渊博。《左传·襄公二十四年》有言:"太上有立德,其次有立功,其次有立言,虽久不废,此之谓不朽。"这段话后来被概括为"三不朽"说,形成了传统儒家的人生哲学。作为一代名儒,柯尚迁以完成立言传世的著述为使命。

柯尚迁在离百户村里许的绿荷庵筑庐潜心著书立说,他潜心钻研前人著作,积累了丰富的知识。年逾古稀的他以时不我待的激情投入著述之中。这些书籍的写作,是他的生命阅历与思想智慧的熔铸与沉淀,可归到他个人的道德生命。他经常通宵达旦,眼睛干涩,布满血丝。但是乐在其中,"三月不知肉味。"(《论语·述而》)

据学者考证,北京大学图书馆就藏有柯尚迁《曲礼全经附传十二卷附集三卷》四册。《附集》三卷分别为《乐本辨证》《书学通轨》《数学通轨》。柯尚迁著成这套书,前后花了十年。

柯尚迁在自序中说:迁即考定《周礼》《仪礼》,以成全经,敬以《戴记》五篇,正经所存,类成《曲礼》,分其记传,以全圣五垂世大曲……尚迁遵表章云弘谟,类成全经,配《周》《仪》为《三礼》。

明代大力提倡理学,程朱理学成为官方哲学。理学承自儒学,注重修心。柯尚迁渴望通过诠释经典,引领一种道德精神,"备君子之轨"。

《四库全书》收录有柯尚迁的《周礼全经释原》,前人对此书也多有评述。当代有学者认为"宋明理学浸润下的经学研究,至明代又有一层学术转进",而柯尚迁的经学著作《周礼全经释原》"有鲜明的学术特色,颇能反映整个明代经学的学术风貌",该著"在明代经学义理化的学术背景下,注重内求本心的理学理路,特别揭橥'修身为《周礼》之本'这一主旨,其实质是强调内圣为外王之根基。《周礼》为治政之经,本涉官制、礼法、财政、土地诸政治制度,而柯氏推崇'修身',强调本心之纯正,则可身修、家齐而国治,《周礼》由此转入'内圣'层面。如此,内圣与外王打通,在宋学的解释框架下，由治心到治民，将格君心与设六官并举，以教立政，汉宋融合，《周礼》的诠释面貌可谓焕然一新，而其经学意蕴亦得以充分彰显。"应该说这个评价是比较中肯的。

二

柯尚迁在数学、珠算学方面的贡献为国内外学术界所公认，是他让珠算算法真正便捷实用并发扬光大。

数学，中国古称"算学"。珠算是以算盘为工具，以算理、算法为基础，运用口诀通过手指拨动算珠进行加、减、乘、除和开方等数学运算的计算技术。

一方面，柯尚迁能够在笃志经史的同时，潜心算学研究，与他对数学重要性的认识有密切关联。正如有学者所指出的，与明代许多文人数学家们一样，柯尚迁的数学思想有深深的理学烙印，同时他试图用阴阳学说为数学寻找依据。柯尚迁认为世界的本原为气，世界的规律（即理）是在物质的运动中体现出来，气分阴阳。柯尚迁说："气不外乎阴阳一阖一辟之变而已，阖则为聚，辟则为散，数之用，聚散分合而已，分则为除，散则为乘，一乘一除之所以妙乎造化也。"数是通阴阳之变的重要途径。"天之高，星辰之远，地之高深广狭皆不能逃乎数矣。数之妙用虽可以穷天地，悉万物，其要务则初于人生日用而不可须臾舍也。凡人生世，不论贵贱，皆须二艺主要以立身也。"因此，以柯尚迁看来，"数学不仅可以广泛地应用于日常生活之中，而且其高深之处可以用来测量天地星辰的高深广远，普通人应该通一点数学作为立身之需。"

同时，因为柯尚迁是一位出身于民间的知识分子，受经世致用思想影响颇深，不忘济世爱民之初心。在《数学通轨》的序中，柯尚迁说：近有青阳卢氏算法解，发明诸法，近而易知。愚以"数原""九九""归除法语"、图回式著之与前，名曰："学算须知"，为教数首务。乃至归除、乘因分合法举例，举其要略，今习者易知，名曰"归除诠要"。然后分九章之目，列古人注释，略表法例数条以及"九章总义"。至于顾应祥，唐顺之二先生之《勾股全书》，不列于此，学者考焉，总名《数学通轨》，与《书学通轨》共成二集，附《曲礼》之后。思愚迷于二艺，实未能通朱子，欲补而未及。然于教法、世用，至切不可一日阙。故补其略以引其端，佚贤哲再著而成之耳。

这里，除了概述《数学通轨》的基本内容包括了"算学须知""归除诠要""九章释例""九章总义"外，柯尚迁开章明义"思愚迷于二艺；实未能通朱子，欲补而未及。然于教法、世用，至切不可一日阙。故补其略以引其端，佚贤哲再著而成之耳"，是柯尚迁自谦之言；"然于教法、世用，至切不可一日阙"，却是说出了他写作本书的目的。

三

"计算"与日常生活有如此紧密的联系。明朝是中国历史上工商业空前大繁荣的朝代，长乐具有优越的沿海地理位置，有四大良港之一的太平港，明初郑和下西洋在这里驻泊伺风启航。这段航海历史为商业发展提供了良好的环境，开阔了长乐人的商业视野。珠算是一项重要的知识技能。作为一种先进的计算工具，在柯尚迁生活的时代，算盘已经在社会生活中扮演了重要角色，也非常有利于当年经济商业的发展。但是对许多底层百姓而言，珠算仍然属于难以掌握的"高科技"。

与我们对经学家、理学家似乎不近人情的刻板印象不同，柯尚迁出身乡村，熟悉市井，认识很多普通生意人、渔民、手艺人，这些人一般没有受过教育。据传，小时候柯尚迁曾经目睹了渔民因为做买卖算账问题发生争吵。从此他暗下决心，长大后一定要研究一种便利的计算方法，让珠算算法真正便捷实用、乡亲们不再吃计算不力的亏。少时的经历经常可以影响到一个人的一生。数十年来，柯尚迁心中也许一直重复着一个梦：让珠算技术易于掌握、易于记诵。柯尚迁回乡后年岁已高，但是童年的记忆还是那么新鲜。时不我待，冥冥之中似乎有一种声音在督促着。

明万历六年（1578），《数学通轨》最终成书。该书是我国历史上第一本对珠算演算法和算盘图式做全面、详细叙述的专著，一本"中国历史上早期最适用的珠算书"。它对珠算技术的普及起了重要的作用。柯尚迁编制的珠算口诀，由于其朗朗上口、便于记忆，广泛流行于中国、日本以及东南亚各国，并沿用至今。算盘的使用方法不再局限于街头巷口，而是被编写成册，甚至纳入正统的计算类书籍之中。

2010年，家乡人民在绿荷庵遗址附近建起一座柯尚迁公园，公园占地面积约130亩，广场上竖立着柯尚迁塑像和巨型算盘雕塑。公园里榕树依傍着古色古香的小亭，各种植物散发着清凉芬芳，令人赏心悦目；旁边有一个湖，以前是南阳柯氏第一大港，村民习惯称它为南港，现改名为"尚迁湖"。公园的后面有柯尚迁纪念馆，展示了他的非凡成就。个体的人生熏染着时代的印记，而现实与历史又是如此地浑然一体。柯尚迁代表的是一种长存于历史深处仍对现代生活起到积极意义的文化精神，是作为一种鼓励追求奋发进步、推动人类发展的精神力量而存在。

不为良相，愿为良医

●祝熹　路漫

> 昔范文正公尝自祷曰：不为良相，愿为良医。意谓仕而不至于相，则其泽之所及顾不若医之博耳。
>
> ——《石山医案·石山居士传》

陈念祖（1753-1823），字修园，号慎修，长乐人。他半儒半医，行医时，一边悬壶济世，一边撰写医书，终成一代良医。

一

嘉庆六年（1801），长乐人梁章钜在北京见到了一个人，此人名唤伊朝栋。

伊朝栋，初名恒瓒，字用侯，号云林。他是福建宁化人，曾先后任刑部郎中、光禄寺卿等职。伊朝栋精通程朱理学，作诗高韵逸气，但晚年身体不好。

一天，梁章钜见到伊朝栋，伊朝栋已经得了"风痹"之症。风痹就是中风，《千金方》将中风分为四类，分别是偏枯、风痱、风懿、风痹——"中风大法有四：一曰偏枯，二曰风痱，三曰风懿，四曰风痹"。风痹终究又是什么引起的呢？《黄帝内经·灵枢》认为"风痹"是人体的阴阳完全失调了——"病在阳者命曰风病；在阴者命曰痹病；阴阳俱病，命曰风痹病"。

伊朝栋的儿子墨卿在刑部任职，求医问药，心情非常急切。纪晓岚到伊朝栋的府上探望，嘱托墨卿，切不可用人参进补。墨卿没有听从纪晓岚的话，结果父亲吃了人参后，病情恶化，成了不治的痼疾。

梁章钜感慨地得出一个结论，他说：人参是非常好的妙药，关键时刻能够治活病人，但如果药方不适合患者，反而会造成祸患。此事载于梁章钜的《浪迹丛谈·卷八·参价》。

> 人参实是灵药，可以活人，而方与病违，则其祸亦不旋踵而至。余在京，亲见伊云林先生朝栋偶患风痹，其嗣墨卿比部访求医药甚切，值纪文达（纪晓岚）师来视疾，谓切不可用参，墨卿不能守其言，先生遂成痼疾。

伊朝栋的儿子墨卿，就是清朝著名书法家伊秉绶。伊秉绶（1754—1815），字组似，号墨卿，晚号默庵。

人参适宜进补，但不是所有的病体都适宜人参进补啊！事实上，如果不是陈念祖，伊朝栋早就"痼疾"伴身了。

二

梁章钜见到伊朝栋的十年前——乾隆五十八年（1793），陈念祖在北京也见到了伊朝栋。陈念祖当时正在北京备考，准备考进士。陈念祖早年丧父，家境贫寒，后来他的儿子陈蔚回忆先父往事时，说"家严少孤，家徒四壁，半事举子业，半事刀圭家"。陈念祖一边努力学习，想通过科考出仕；一边从事医学为人治病，想通过治病谋生。读书和谋生两不误，也同时在良相和良医的道路上精进前行。

乾隆五十七年（1792），陈念祖中举，这一年是壬子年。次年，陈念祖进京参加会试。陈蔚曾描述陈念祖在京城时一次名动京师的行医。

> 壬子，登贤书后，寓都门，适伊云林先生患中风症，不省人事，手足偏废，汤米不入者十余日。都门名医咸云不治。家严（陈念祖）以二剂起之，名噪一时，就诊者门外无虚辙。后因某当事强令馆于其家，辞弗就，拂其意，癸丑秋托病而归。
> ——陈念祖《长沙方歌括·附识》

京都的大官员伊朝栋突然中风，"不省人事"——已经处于昏迷状态；"手足偏废"——身体一半没有知觉；"汤米不进十余日"——十多天不能吃喝。如此状态，京城的名医也束手无策，一致认为：治不了！

陈念祖只用了两剂药，伊朝栋就能起身了。陈念祖没想到"失之东隅，收之桑榆"，他考试不顺利，会试不成功，名相当不了，却一时之间成了名医，门外、小院果成了停车场，车辙横七竖八，每天都满满当当地停满了来看病的车辆。"后因某当事强令馆于其家"，据说，这"某当事"就是和珅。和珅要拉拢陈念祖，陈念祖不吃和珅那一套，由此得罪了和珅，于是，托病南归。

三

关于和珅这个人，相信很多人都不陌生。作为中国历史上最大的贪官，和珅的所作所为绝对是天怒人怨的。为此，陈念祖借口生病返乡至长乐，目的很明确。陈念祖就是这样一个"不为五斗米折腰"的儒士，他深知他还有更重要的事情要做，他要传播岐黄之术，要救助更多黎民百姓。

回到家乡后，地方乡绅聘请陈念祖任吴航书院山长，讲学著书。

吴航书院是清代长乐著名书院，求学者斐然而至。乾隆二十六年（1761），知县贺世骏移建南山天妃宫，就其旧址建"吴航书院"。中祀朱熹及弟子八人，旁构书舍30余间及"育才堂"一座。陈念祖在此既讲儒家《四书》《五经》等书，又讲医家《灵枢》《素问》等典籍，勉励学生勤奋向上。

某日，林则徐特地专程从省城到吴航书院拜谒陈念祖，因小陈念祖32岁，故以"侄"自称。陈念祖的学识和医术，林则徐十分敬佩，认为他比苏东坡、沈存中辈有过之而无不及，就是"近世业医者"，也"无能出其右"。"先生在宦在乡，用其术活人，岁以千万计，况著书以阐前人诣，为业医之瓠觚，其功岂浅显哉！"他与陈念祖更是"结真率会""尝撰杖侍坐聆其谈医，洞然有见垣一方之眼"，对陈念祖的代表作之一《金匮要略浅注》推崇备至，称之是部"明显通达，如眡诸掌，虽王叔和之阐《内经》不是过也"的重要著作。

陈念祖去世后，他的儿子陈元犀（字道照，号灵石）继承父业，整理出版《金匮要略浅注》，付梓前，请林则徐写序，高度评叙了陈念祖在医学上之卓越贡献，热情洋溢地畅抒了彼此之间的真挚友情和敬慕之心；对灵石"遵庭训"，继父志，也给予中肯赞誉。此序文乃林陈二位福建清代名人珍贵友谊的真实记录。

看来，林则徐之所以对誉满海内的名医陈念祖极其尊敬、友好，与他那济世救人利物之心是相通的。他和我国封建时代许多进步的知识分子思想一样：不为良相，则为良医。

四

嘉庆十五年（1810）秋，前任的天津道尹丁攀龙拜访陈念祖。陈念祖以医生的敏感注视着丁攀龙，"见其面上皮里黧黑，环唇更甚，卧蚕微肿，鼻上带些青色"。这一描述成为后世医者看病时"色诊"的参考案例。如果一个人的身体水气上冲，会出现这样的症状，"心血不荣，其人除面带虚浮，其色黧黑，或出现水斑（额、颊、鼻、口角等处，皮里肉外，出现黑斑，类似色素沉着）"。

陈念祖还观察到丁攀龙的一个重要特征，"卧蚕微肿"。水气病的患者，往往可能出现头面部发肿的症状，尤其眼睛下部轻度微肿，好像横卧着的蚕，故称"卧蚕"。张仲景《金匮要略·水气病脉证并治》提道："夫水病人，目下有卧蚕。"

陈念祖对丁攀龙说：您有"水饮病"，水气顺着肝气上冲已经横行无忌了，如果迅速治疗可以治愈，如果再迟二十天，一旦发病，我担心拖延时日，药方杂乱。一些医师无非给出"气血痰郁"的诊断和不着痛痒的按套路开出的药方。就算医师能认定"水饮病"的，也无非用六君丸、二陈汤之类，或者再用滚痰丸、黑锡丹来加强。我还担心一些医师到时会"以药试病"，而不是真正的治病。

陈念祖言语尖锐，丁攀龙有责怪之意，不听。只是，果不其然，七月下旬丁攀龙发病，中秋后病重，九月下旬去请陈念祖。陈念祖准备用十枣汤，并从《金匮·咳嗽篇》《医门法律·咳嗽续论篇》寻找医理，但要有识有胆的人才敢用这一味汤药。可是，当时还有一位在场的老医师极力反对。于是，陈念祖就只能退而求其次，出了一些行水化气的药。丁攀龙还是怀疑陈念祖，再也没有请他来看病。陈念祖后来往高阳（今保定市高阳县）办理账务，路过天津，得知丁攀龙满座都是医师，用的都是熟地、枇杷叶、炮姜、附子、肉桂、人参等药方，终于越喘越厉害，最后耳目出血而亡。

此时，陈念祖的医术臻于至境，仅色诊就能看病出方，像扁鹊对蔡桓公的预言"君有疾在腠理，不治将恐深"，病到最后，"无奈何也"。

<h2 style="text-align:center">五</h2>

童子入学，塾师先授以《三字经》，欲其便诵也，识途也。学医之始，未定先授何书，如大海茫茫，错认半字罗经，便入牛鬼蛇神之域，余所以有《三字经》之刻也。前曾托名叶天士，取时俗所推崇者，以投时好。然书中之奥旨，悉本圣经，经明而专家之伎可废。

嘉庆九年岁次甲子人日陈念祖自题于南雅堂

半儒半医的陈念祖既儒既医，一边救治病人，一边撰著篇籍。著述的医书多达16部：《灵素节要浅注》《金匮要略浅注》《金匮方歌括》《伤寒论浅注》《长沙方歌括》《医学实在易》《医学从众录》《女科要旨》《神农本草经读》《医学三字经》《时方妙用》《时方歌括》《景岳新方砭》《伤寒真方歌括》《伤寒医诀串解》《十药神书注解》。后人将陈念祖的16部医书辑成《陈修园医书十六种》。因为陈念祖的堂号为"南雅堂"，所以这部书又称《南雅堂医书全集》。陈念祖的著作通俗易懂，容易普及，又与生活实用相关，因此流布很广，于是一些书商会将其他人的著作附会在陈念祖名下。陈念祖的医书全集就有二十种、四十八种、六十种、七十种、七十二种等多种刊本，除十六种外，其他都是书商附入其他医家著作的产物。

陈念祖的著作中有一本书名为《医学三字经》。

旧时，每一位儿童入学，先学《三字经》，先让儿童背诵，如此按照《三字经》入门，脚下就是正道了。刚学医的，不知道先学何书，就像是大海茫茫，罗盘没看准方向，便可能进入"牛鬼蛇神之域"。于是，陈念祖仿宋代王庆麟《三字经》的体式，编成三字一句的歌诀，根据《黄帝内经》等重要经典医籍，吸收各医家所长，结合自己的行医感悟，用三字韵文撰写成书，如"人百病，首中风。骤然得，八方通。闭与脱，大不同。开邪闭 续命雄……"，以一千多字概述医学源流、理论及常见病证治，分为医学源流、中风、虚劳、妇人、小儿等24个部分，有论有方有药，简明扼要，便于初学背诵和概览全局。《医学三字经》成为后来医学入门读物中流传最广、影响最大的一种。

如此费心的晚年之作，陈念祖当然希望能够普及，于是"取时俗所推崇者"，托名清代名医叶天士印刷出版。

书确实好，发行量非常大，再次出版时，陈念祖说，"是书前曾托名叶天士，今特收回"，陈念祖终于用本名刊印！

六

在中国的传统思想里，一直有"重道轻技"的倾向，医生被看成干技术活的匠，地位不高。

比如张仲景，《汉书》就没记载，只见于《名医录》："（张仲景）南阳人，名机，仲景乃其字也。举孝廉，官至长沙太守，始受术于同郡张伯祖，时人言，识用精微过其师，所著论，其言精而奥，其法简而详，非浅闻寡见者所能及。"陈念祖说，"然仲景为医中之圣，尚未见许于当时"，看来，医者注定是要孤独无闻的，但陈念祖视界高远，他说"犹宣圣以素王老其身，天之意在万世，不在一时也"。就像孔子，没有身居高位，以素王的地位终老，上天之意不在于要孔子一时显赫，而要他扶持万世纲常。

一位伟大的医生，就像孔子，不在一时，而在万世。

方彦寿著的《福建古书之最》写道：

> （陈念祖）悬壶济世，成为医理精湛，临床经验丰富的一代名医。他撰写的《南雅堂医书全集》，卷帙浩博，是福建古代闽人所著的篇幅最大的一部医书总集。《南雅堂医书全集》最早由林则徐、赵在田为其作序行之于世。

甄志亚等著的《中国医学史》则写道：

> 这一时期（指清中晚期），为了推广普及医学，便于初学者学习掌握，不少医家编写了通俗易懂的医学入门书，其中以清代医家汪昂、陈修园最为突出。

陈念祖的儿子元豹、元犀、孙子典、心兰和学生周易园、黄奕润等都以医名行世。陈念祖，既悬壶济世于当时，又将医学精神传承于后世。确实，"天之意在万世，不在一时也"。

当然，还有一个值得思索的问题，帝制时代的董奉与张仲景、华佗齐名，并称"建安三神医"，董奉正是长乐人；帝制时代的末期，长乐的陈念祖又崛起于杏林，这位没有成为良相的儒者，最终成为一代名医。是巧合乎？

百丈怀海与长乐佛教

● 孙源智

长乐龙泉寺位于邑东沙京莲花山下，号称"长乐最著之古迹"。寺所在的莲花山是沙京名胜，又称五峰山，有卧牛、仙冠、贵品、莲花、云梯五峰，岚气氤氲，古称"五峰横岚"，为"吴航十二景"之一。山中有宋代大儒朱熹及本邑状元郑性之的题字，因此明清以降有不少文人词客来此凭吊怀古。但龙泉寺最重要的名胜并非这些，而是寺中一口看似普通的水井。该井名龙井，水通龙泉溪，据说唐代高僧怀海曾于此看到双龙戏水，龙泉寺也是因此而得名。

据新修《龙泉寺志》记载，龙泉寺原名西山寺。至唐代中叶，邑人怀海入西山寺礼惠照和尚落发出家，见二龙戏寺井中。后来怀海外出参学，嗣法于马祖道一禅师，至江西百丈山开法。怀海著有《丛林规式》，肇创新规，改革僧伽管理制度，后为全国寺院所效仿。怀海得道后，据说又回到长乐西山寺，"咒立石柱十八根"，创设道场。咸通年间（860—874），唐懿宗有感于怀海禅师事迹及井现青龙之祥瑞，赐寺额"龙泉"，沿用至今。有此殊荣，长乐龙泉寺也成为禅宗的著名道场。

关于龙泉寺的始建年代，共有两种说法，均见于《三山志》中。

一说主张寺院始创于唐大中十三年（859），另一说认为始创于南朝梁承圣四年（555）。这两种说法相差三百年之久，《三山志》以唐代创寺说为是，后世各种方志及文人文集亦多沿袭《三山志》的观点。到了清代，以清人编纂的《沙京龙泉寺志》为代表，南朝创寺说开始占据上风。究其原因，主要是因为怀海是在元和九年（814）圆寂，如果寺院创于更晚的大中十三年，那么怀海在龙泉寺出家及弘法的经历就无法解释。由于承圣年号只用了三年，且僧史中明确说怀海出家在西山寺，因此该志认为寺院始建时间为承圣三年，并推测龙泉寺改名前就叫作西山寺。

按照寺志的说法，沙京及龙泉寺是怀海出生、出家、出世之地，但严格考证来看，其中只有出生地的说法是可靠的。根据谢重光教授《百丈怀海禅师》一书中的研究，怀海落发出家的寺院并非现在的龙泉寺，而是在广东潮阳西山寺，为他落发的师父是僧史上著名的慧照禅师。怀海"复归西山立道场"的说法，也仅见于《沙京龙泉寺志》，而且既然龙泉寺曾名西山寺的说法无可考信，怀海回到西山龙泉寺的说法也就不攻自破了。

虽然龙泉寺并非怀海落发剃度之地，但他之所以会在十七八岁的年纪跑到远隔千里的广东出家，很可能是先在家乡受到佛教的熏陶。甚至我们可以猜测，怀海或是先在家乡附近的寺院做童行（小沙弥），然后才远行至广东参学，这座寺院很可能就是后来的龙泉寺。由于会昌年间（841—847）曾发生"灭佛"事件，唐武宗诏令天下各州只准保留一座佛寺。福州当时除了开元寺以外的其他寺院全部被废弃，直到大中、咸通年间才开始陆续恢复。因此，如果说龙泉寺原为南朝古刹，在会昌年间例废，至大中十三年（859）复建，也并非没有可能。

龙泉寺（龙泉寺　供图）

　　但无论哪种说法，龙泉寺都是因怀海禅师的出现才为人所熟知。先出高僧，后成名刹，这也成为福建佛教祖庭文化的一个特点。或许是因为僻处海疆，闽人求道之心尤盛于他邦。早期闽籍僧人大都远离家乡，外出到他省参访，法成后也还是驻锡外地，不归闽中。怀海出家于广东潮州，受戒于湖南衡山，开法于江西百丈山。怀海最重要的两个弟子都是福州人，即来自长溪的灵祐和福清的希运。两人都是在本县的寺院出家后，外出参访，最后在江西百丈山怀海禅师处得法，此后又分别在湖南与江西阐扬学说，同样没有回到福建。

　　怀海于元和九年（814）在江西百丈山的禅床上示寂，后敕谥"大智禅师"。圆寂四年后，在江西为官的同乡陈诩为他写了《唐洪

州百丈山故怀海禅师塔铭并序》，成为记载其生平的最可靠史料。陈诩是福州最早在科举上取得成就的文人之一，不过他还没能预料到怀海的改革对后世的影响，塔铭内容主要以怀海的生平、德行为主。但在经历晚唐五代的社会动荡后，奉行百丈新规的禅宗通过居山聚徒而不断壮大，其他宗派则因为失去士族经济的支持渐次凋零。宋代僧人赞宁在《宋高僧传》中盛赞怀海禅师改革禅林制度的影响，"天下禅宗，如风偃草，禅门独行，由海之始也"。后世更将怀海禅师与禅宗初祖达摩祖师并提，称"佛之道以达摩而明，佛之事以百丈而备"。

除制度上的创新外，怀海在禅法上也有独特见地。怀海门下派析两宗：灵祐传弟子慧寂，发展出沩仰宗；希运传弟子义玄，衍生成临济宗。唐末五代禅宗分五大家，怀海弟子就占了两家，这或许也应了他年轻时在龙泉看见双龙的征兆。其他三家虽然各有不同宗旨，但管理僧众的方法也同样遵循怀海所制定的规范。自怀海改革教规，取得天下师表的崇高地位后，禅学中心逐渐从湘赣移入闽中。到了唐晚期，福建已经成为中国南方新的禅学中心。受此影响，福建的寺院也开始获得较大的发展。

龙泉寺经过五代两宋时的多次重修扩建，已具相当规模。五代后晋天福年间（936—944），僧普明增建听潮庵、潮音阁，其弟子云行又建石柱、华台，时称壮丽。北宋淳化年间（990—994），邑人潘吉甫捐建戏龙亭，其族人潘宗又捐建蟠龙池。治平元年（1064），寺僧再对寺院大加增葺。绍圣三年（1096），寺僧才襄为双亲荐福，铺路三百二十余丈。南宋绍兴元年（1131），邑人林征舍、林安上、郑邦彦等再增建龟石庵、登高亭、白衣岩龙亭。今龙泉寺大殿尚存16根梭形石柱，部分石柱及础盘上还留有宋代题刻，反映了宋代龙泉寺的规制。

龙泉寺不断扩建的同时，长乐崇佛之风盛行。南宋绍兴四年至五年（1134—1135），怀海禅师第13传弟子大慧宗杲避乱入长乐，在洋屿筑庵授徒。随后不到50天的时间里，竟有13人从大慧宗杲处得法，成为禅林中的一件盛事。大慧弟子中，懒庵鼎需、枯木祖元、教忠弥光等都是长乐籍僧人，此后长乐僧人出世大丛林者比比皆是。宋代士大夫多喜谈禅，长乐文人也乐与禅僧交游，当时的龙泉寺成为福州文人雅集的重要场所。宋人郑邦彦形容当时的盛况说，"千佛传衣谈上座，十方清众礼随班"，可以想见名士禅僧济济一堂的场景。

明清时期，龙泉寺兴废不定，渐趋衰落。明初诗人高棅有感于寺颓僧散，写下"井寒龙去洞泉腥"的诗句，此后类似的意象频频出现在明初诗人的笔下。至天顺年间（1457—1464），龙泉寺彻底毁废，法堂沦为停柩之地。此后一百多年间"梵呗绝响，钟磬无声"，以采撷福州风物闻名的《闽都记》甚至对龙泉寺只字未提。明万历年间（1573—1620）寺获重建，至清顺治十八年（1661）又遭兵燹，乾隆二十六年（1761）再次重建大殿，咸丰八年（1858）又重修。当时的龙泉寺虽规模犹在，也有像黄檗山隆元禅师、鼓山承祖禅师这样的高僧一度前来住持，但始终没能形成稳定的僧团，常有住僧乏人的情况发生。

晚清以后，龙泉寺再次衰败。1935年，邑人李俊久别重游，作诗感怀道："荒烟蔓草前朝寺，落日楼台断鼓钟。莫道戏龙人已杳，井中犹自卧双龙。"诗中虽然写的是寺院的萧索破败，但在李俊眼中，只要"井中犹自卧双龙"，寺院的重兴就是必然的事情。1947年，海济上人赴南洋募资重兴，后因盗匪入寺劫掠而中断。至1983年，瑞淼上人率弟子广禅发愿重兴古刹，而今40年过去了，龙泉寺重新殿宇，增设房屋，创立百丈纪念堂，寺院规模更盛从前。

如今，古老的寺院已又是一片繁荣景象。慕名来访龙泉前，我曾犹豫这座寺院是否还背负得起百丈祖庭的盛名，但随即便打消了这个念头。长乐名贤谢肇淛曾如此评价怀海的禅风："百丈之教以实际为正宗，而以规范为摄化之权。"如怀海所著的《丛林规式》，其原文在宋代时就已经失传，但后来的法师纷纷效法怀海，根据时代和自身情况增删损益，制定切合自己寺院实际的新规。可见人们奉为圭臬的，并非《百丈清规》中的文字，而是其"实际"的旨趣。后来寺僧告诉我，这座寺院并不会在怀海的诞辰或忌日准备特殊的仪式，对于追求"一切不拘，去留无碍"，视"往来生死如门开合相似"的怀海禅师而言，这或许就是祖庭给予他最实际的纪念了。

冰心与长乐

● 王炳根

二十几年前，在现今长乐万星广场的位置上，曾立有一块硕大的广告牌，彩色图像上，有沈鹏的"中国长乐"题字，右边则是大字隶书：郑和七下西洋的港口，郑振铎、冰心的故里。可见冰心之于故乡长乐的意义。

冰心其人

冰心出生于1900年，逝世于1999年，与中国多灾多难的二十世纪同行。然而，就是这个最初叫谢婉莹、后来叫冰心的柔弱女子，竟然可以在漫漫长夜里，盛开出灿烂而优雅的花朵，成了影响中国几代读者的女作家。

五四运动的惊雷"将我震上了写作的道路"（冰心语），那时冰心便把自己的命运和"民主""科学"、国家民族的振兴紧密地联系在一起。她全身心地投入时代潮流，在爱国学生运动的激荡之下，于1919年8月和9月的《晨报》上，发表第一篇散文《二十一日听审的感想》和第一篇小说《两个家庭》。后者第一次使用了"冰心"这个笔名。由于作品直接涉及重大的社会问题，很快发生影响。之后所写的《斯人独憔悴》等作品被认为是当时极有代表性的"问题小说"，突出反映了封建家庭对女性的摧残、面对新世界两代人的激烈冲突以及军阀混战给人民带来的苦痛。其时，协和女子大学并入燕京大学，冰心以青年学生的身份加入了文学研究会。她的创作在"为人生"的旗帜下源源流出，发表了引起评论界重视的小说《超人》等。她以《繁星》《春水》为代表的新诗，在文坛上引起了一股"小诗"写作的潮流。1923年出国留学前后，她开始陆续发表总名为《寄小读者》的通讯散文，成为中国儿童文学的奠基之作。她的现代散文《笑》《往事》等，以精彩的文本，证明了用白话可以写出优美的现代散文，成了中国现代白话散文的源头。在她前往美国留学之前，已经拥有了三个著作版本：诗集《繁星》与《春水》、小说集《超人》。20岁出头、尚是在校学生的冰心，已经誉满中国文坛。

1929年，冰心与吴文藻在燕京大学举行了婚礼。成家后的冰心，仍然创作不辍，小说的代表性作品有《分》《我们太太的客厅》等，1932年，《冰心全集》分三卷本（小说、散文、诗歌各一卷），由北新书局出版，这是中国现代文学中的第一部作家的个人全集。在抗战烽火中，他们一家离开北平，来到云南，后移居重庆，出任新生活运动妇女指导委员会文化事业组组长，遴选为国民参政会女参政员，参加中华文艺界抗敌协会，热心从事文化救亡活动，写出了《关于女人》《再寄小读者》等有影响的作品。抗战胜利后，冰心随丈夫吴文藻赴日本，曾被东京大学聘为第一位外籍女教师，讲授"中国新文学"课程。1951年她回到北京，之后出访过印度、日本、瑞士、法国、埃及、罗马、英国、苏联等国，在世界各国人民中间传播友谊；同时她发表了大量作品，歌颂新生的祖国，歌颂人民的新生活。她勤于翻译，出版了多种译作。"文化大革命"开始后，冰心受到冲击，年届７０还被下放到湖北的五七干校接受劳动改造，直到1971年美国总统尼克松即将访华，冰心与吴文藻才回到北京，接受党和政府交给的有关翻译和接待外宾的任务。这时，她与吴文藻、费孝通等人，通力合作完成了《六次危机》《世界史纲》《世界史》等著作的翻译。

如果将五四运动之后冰心的学生时代创作，作为她的第一个创作高峰，那么20世纪80年代在她进入八十高龄之后，迎来了第二个创作高峰。她不知老之将至，始终保持不断思索，永远进取，无私奉献的高尚品质，她说"生命从八十岁开始"。她的短篇小说《空巢》获全国优秀短篇小说奖。这一时期，她创作小说、散文、回忆录，其数量之多，内容之丰富，创作风格之独特，都使得她的文学成就达到了一个新的境界，出现了一个壮丽的晚年景观。年近九旬时她发表的《我请求》《我感谢》《给一个读者的信》，都是用正直、坦诚、热切的拳拳之心，说出真实的话语，显示了她对祖国、对人民深沉的爱。1999年2月28日21时冰心在北京医院逝世，享年99岁。冰心逝世后，党和人民给她以高度的评价，称她为"二十世纪中国杰出的文学大师，忠诚的爱国主义者，著名的社会活动家，中国共产党的亲密朋友"。

故乡之情

冰心在她的作品中，多次写到故乡长乐。她说："我的曾祖父以达公，是福建长乐县横岭乡的一个贫农，因为天灾，逃到了福州城里学做裁缝。"并说："假如我的祖父是一棵大树，他的第二代就是树枝，我们就都是枝上的密叶；叶落归根，而我们的根，是深深地扎在

冰心生平和创作展览（冰心文学馆　供）

福建横岭乡的田地里的。"一种寻根与认祖，并以"长乐"来认定自己的身份，"我并不是'乌衣门第'出身，而是一个不识字、受欺凌的农民裁缝的后代。""从那时起，我就不再遵守我们谢家写籍贯的习惯。我写在任何表格上的籍贯，不再是祖父'进学'地点的'福建闽侯'，而是'福建长乐'，以此来表示我的不同意见！"（《我的故乡》）

　　冰心的故乡之情，不仅体现在她对祖籍的寻根与认同上，更体现在她的故乡情怀中。1911年冬天，她随父母乘船从烟台、上海返回故乡，在船进入闽江口、驶过金刚腿水域时，站在船头，她面对故乡的山水，怦然心动，对已值冬日依然青山绿水故乡，产生了一种新奇与惊叹："清晓的江头，白雾蒙蒙，是江南的天气。雨儿来了，我只知道有蔚蓝的海，却还有碧绿的江，这是我父母之乡！"这种感觉与诗情，后来出现在她的《繁星》之中，成为长乐人、福州人咏叹家乡的百年传诵。中年与晚年的冰心，通过《我的童年》《我的故乡》《我的父母之乡》《我家的对联》《祖父与灯火管制》等作品，表达了她始终不渝的浓浓乡情。

晚年的冰心德高望重，采访、拜访、探望的人很多，因为由于身体的原因，医生不允许她多会客，在她的门口贴了一张"医嘱谢客"。但是，只要听说是来自福建的客人，她绝不会阻挡。《冰心年谱长编》记录了大量的长乐乡亲拜访她的记录，从县市领导到普通乡民、从学校的老师到媒体的记者，她都一一接待，而伴随的往往是题字、作序等要求，她也都一一满足。她曾为修订的《长乐县志》写序，为横岭的族谱写序，她的序中说："要我为即将修订的族谱作序，这使我感到光荣而又惭愧！我自幼离乡，对于乡土、乡人极少接触，但我认为族谱是承上启下的家族历史。对家史的注重和关怀，是爱祖国、爱人民的起点！我祝愿谢氏男女子孙继承我们农民祖先勤劳、勇敢的劳作精神，加以发扬光大，精研各种科学技术，面向现代化、面向世界、面向未来，为我族的繁荣昌盛，为祖国的飞跃振兴，尽上自己最大的力量。"同时，她为"横岭敬老院""长乐郑和史迹馆""长乐广播电视"，为长乐一中建校百年校友楼落成题写"校友楼"匾，并题词："愿我故乡子弟为国家做出巨大的贡献！"

一日晚间，我到区文联老办公楼喝茶，去时暴雨，出时雨歇，月近中天。对面华侨中学依然灯光明亮，几位女生携手在校门口的光影里走动，灯光照耀着校门碑石上镌刻着的"长乐华侨中学"，那便是冰心题写的。1991年张国英先生代表学校探望乡贤冰心，应邀题写校名，冰心同时题写了"长乐侨中图书馆"与" 科学馆"。又题写："愿长乐侨中的同学们，专心地学习，痛快地游玩。"看到那些夜读的学生，一定是在"专心地学习"，以应对高考，但不知道他们是不是也曾有过"痛快地游玩"？

中国现代文学馆馆长舒乙讲过一段冰心与故乡的感人故事。那是1991年的事情，冰心已过九十高龄，那天护理她的大姐要出门，嘱舒乙先别离开，陪着老人，等她回来。舒乙问老人，大姐干什么去？冰心回答"寄钱。""给她自己的家寄？""不是，是我的事。昨天我收到一笔稿费，一千四百块，不知道是什么稿子的。我让大姐赶快给长乐县寄去，他们那儿今年水灾闹得厉害，淹得不轻！"并且告诉舒乙，长乐县挨着海边，是她的老家，今年两次厉害的台风在长乐登陆，刮大风、下暴雨，又正值涨潮，县城里都进了水，据说乡下全淹了。她日夜惦记着家乡父老，要寄钱给他们。这种感情是多么深厚啊，现在看来，1400元并不多，但那是她一字一字抠出来的，都是心血钱。

冰心向家乡捐款，不止这一回。1993年1月9日她向长乐教育基金会捐献2000元；同年9月3日，她将刚刚收到的《冰心选集》稿费两万元捐赠给长乐县金峰镇横岭小学，并致信。

冰心研究会秘书长王炳根先生：

福建福州驻京办主任张庆建先生：

我女儿吴青一家，去年到福建，看到我的故乡横岭小学，校舍破损，课室内黑板桌椅等，都破旧不堪，我听了心里十分难过！兹将稿费所得两万元人民币，请你们带回，为横岭小学作修理校舍、添置课室设备之用。钱数很少，但愿能用到急需之处，全仗两位大力了！

长乐市领导相当重视冰心的这一份感情，在侨联大厦专门举行捐赠仪式，并配套资金，成全冰心对故乡教育之情。

叶落归根

鉴于冰心在国内外的影响，1992年初，福建省文联文艺理论研究室牵头，成立了全国性的"冰心研究会"。12月24日，成立大会在福建省蓝顶画院举行。研究会的规格相当高，巴金出任会长，王蒙、张洁、张锲、潘心城、许怀中等出任副会长，叶飞、何少川、海伦·斯诺、韩素音等担任顾问；王炳根为秘书长、法人代表，主持日常的会务工作。建立冰心文学馆（开始立顶为"冰心纪念馆"后因为建成开馆时冰心仍健在，遂改为"冰心文学馆"），是在成立大会上被提出来的，省市领导非常支持，但开始时建馆的用地却是久久不能解决。在这种情况下，长乐市委、市政府，张开双臂，欢迎将冰心文学馆建在长乐，长乐人民热情地接纳了冰心文学馆，无偿划拨13亩土地用于建馆舍，同时用了65亩地建设爱心公园（后改名为冰心公园），作为冰心文学馆的景观配套。

冰心文学馆由著名的建筑大师、工程院院士、东南大学齐康教授设计，体现了三个特点：冰心的爱心精神、闽中的建筑特色、现代的环保理念。1995年10月21日，福建省领导、社会各界人士共300余人，为"冰心文学馆"奠基举行了隆重而简朴的仪式。冰心的女儿吴青、女婿陈恕，专程从北京前来参加了奠基仪式。冰心在仪式上发表了书面讲话，时任副省长潘心城出示赵朴初为"冰心文学馆"题写的馆名。时任省委副书记、福州市委书记习近平发来贺信。冰心在书面讲话中说：

听说"冰心文学馆"就要在福建长乐奠基，我感到非常高兴。我本来应该自己来的，但是由于我现在在医院治疗，我委托我的小女儿吴青和女婿陈恕前来参加这个仪式，以表示我的感谢。我要感谢福建省委、省政府、省文联、福州市委、中国作家协会、福建省政协、中国民主促进会福建省分会和长乐市的领导对筹建这座文学馆所给予的支持和帮助。我也要感谢"冰心研究会"的同志们，特别是王炳根同志，他从选址到寻址做了大量耐心而细致的协调工作，最后确定在长乐市。

建造这座文学馆不仅是对我七十五年文学创作的表彰和肯定，也是对优秀文学创作对社会进步和繁荣所起的作用的肯定，对此我感到十分欣慰。

经过不到两年的日夜奋战，从基建到装修、从收集资料到布置展览，冰心文学馆选择在1997年8月25日，即78年前冰心处女作发表的纪念日开馆。来自北京、香港的文艺界人士和福建省党政机关及各部门领导、社会各界人士共500多人，为冰心文学馆开馆举行了隆重、热烈的开馆典礼。该馆占地13亩，建筑面积4414平方米，是国内首座为健在的作家建造的文学馆。北京外国语大学教授、冰心的女婿陈恕宣读冰心先生的贺词。中国作家协会党组副书记王巨才代表中国作协致辞。中国现代文学馆馆长舒乙在讲话中高度称赞冰心文学馆是个奇迹。时任中共福建省委副书记何少川、副省长潘心城向林德冠、王炳根授牌。程序、刘金美、许怀中等领导为"冰心生平与创作展览"开展剪彩，为"永远的爱心"雕像揭幕。冰心文学馆建成开馆，在文艺界引起强烈反响，收到全国各地大量的贺信、贺电。巴金先生的贺词是："愿冰心大姊一片爱心感动更多的人！"

中国现代文学馆馆长舒乙在讲话中对冰心文学馆给予高度评价，认为它是全世界第一座为健在作家建造的博物馆。

冰心文学馆除了它固有的特色之外，还有许多独特之处，譬

俯瞰冰心文学馆（冰心文学馆 供）

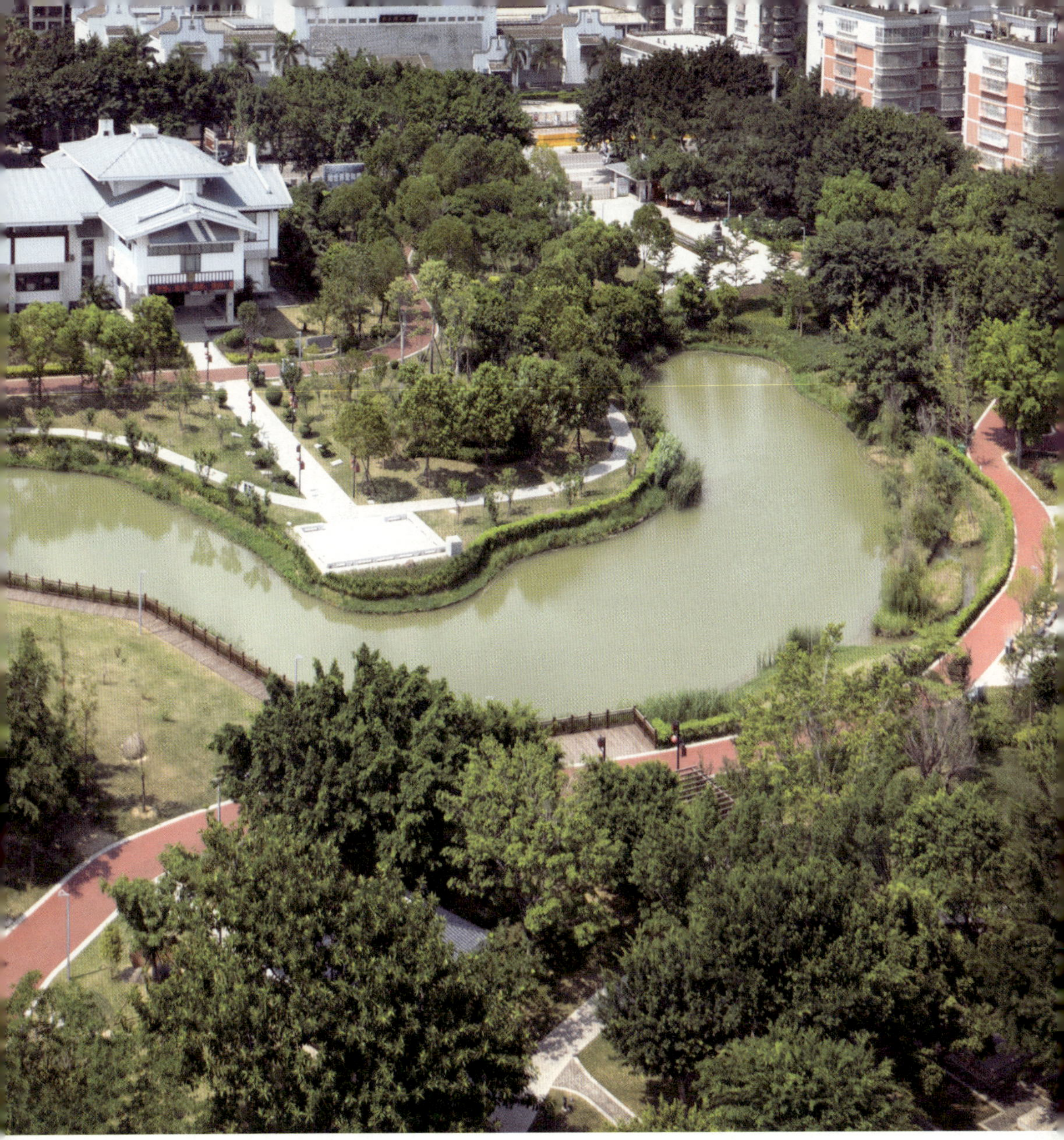

如说：

它是一个为依然健在的大作家建立的文学馆；

它不是在旧居或故居基础上建立的，而是专门择地特别建筑的文学馆；

它是头一个纯粹为作家建立的专业馆，馆主不是兼有思想家、革命家的身份，也不是中国共产党党员，而是纯粹以自己的文学成就赢得人们尊敬和爱戴的人；

它是第一个以个人名字命名的文学馆。

所有这些都使冰心文学馆非同凡响，它的建立格外引人瞩目，成为中国文坛上的一件大事。

从此，冰心文学馆便永远在落地在长乐这片温情的土地上，发挥着文学研究中心、爱国主义教育基地、对外文化交流窗口的作用，开馆二十多年来，接待了无以数计的海内外参观者，尤其是一代又一代的小读者。对于冰心而言，则是有着"叶落归来"的那种含意，那片情意。

向着光明前行

● 简 梅

一

闰二月，犹如等待已久俏皮的孩子，紧跟着春分，迫不及待地跃入"山带新晴雨，溪留闰月花"斑斓鲜活的画景。你看，阳光还在慢慢回归的路上，人间草木蔓发、雏鸟啁啾、蝶飞蜂舞，万物争相萌生。智慧的先人把光阴寸头一点点累加起来，每个十数年迎春的脚步特意在二月多逗留一番，倒也增添了无尽的姿彩。而更为奇特的是，今年还遇逢"双春"闰二月，如果再有这样的机遇，则在2042年与之相逢了。而那时的中国，又该是如何光明璀璨的模样？我行走在距长乐区城五千米的首占村，面对八方山岚和谐，四周平畴舒展，村道屋宇栉比、人烟稠密，一片生机盎然的景象怀想联翩……

首占村可不一般！我已多次踏寻于此。它背倚首石山、鹿屏山，面朝琅峰，董奉山拱卫于左，大象山峙护于右，形成一道道雄奇秀丽的天然屏障。如果登山远眺，马江水浩浩荡荡，奔流不息；上洞江蜿蜒曲折，延伸至河道港汊纵横交错的阳夏平洋，而平洋中央端坐着一个坐北朝南的大村镇。这里即是首占村，是长乐首占镇政府的所在地。南宋景炎年间已形成村镇，最初名"洲店"，明嘉靖年间改名"首占"，取地灵人杰、出类拔萃之意，又有岱阳之称。现在全村在籍人口三四千人几乎都姓郑，相传郑氏始祖从唐末河南入闽后，先定居长乐福湖（今北湖村），后于元末迁来首占渐成大姓。如今，分布于世界各国的首占乡亲有两千多人，实为名不虚传的侨乡！

千百年来，在这片美丽富饶的土地上，勤劳勇敢淳朴的首占儿女，以自己的聪明才智建设着如诗如画的家园。这里自古人文荟萃，英才辈出，相继涌现出明嘉靖一代名臣郑世威（郑氏宗祠其手书的"世培忠厚"至今悬挂正中）、清道光清廉美誉郑元壁（即郑振铎的高祖）、越南阮朝著名政治家文学家郑怀德（先祖迁居越南）以及近现代许多仁人志士：郑宝菁、郑天挺、郑衍贤（化名陈怀皑，其子陈凯歌）、郑作新等等。

这块神奇的土地上，还出现了一位令我一生景仰敬重的人——杰出的爱国主义者、文学家、翻译家、收藏家、文学评论家、艺术史家等可以冠以"博识百科"的大学者——郑振铎先生！这真是：首占勋声远，岱阳世泽长！首占仿似吴航南郊的一颗灼灼闪耀的启明星，映照着首占儿女无论身在何处，恒向光明前行。

二

上午九时，天幕浅蓝缀着如絮的云朵，温情的阳光投影斜拉的电线，在村道画成音符，一排排灰墙、红漆的木门在轻巧的代步车飞掠面前保持着宁静如初，有序的门牌号写满人间烟火。我的脚步停留在首占村"前街西路23-1号"一座古厝面前，它位于岱阳郑氏宗祠西侧。迎门而入，熟悉的场景与我家乡梅花古镇遗留的古建筑十分相似，坐北朝南，呈七柱六扇五间，形制为明代建筑。只见厅堂与厢房静悄悄的，晾晒的衣物与盆中鲜妍的植栽说明人家依旧。我的心中依然如初次觅到此处时的激动，因为这是郑振铎先生的祖居地，虽然我曾遍访乡民却因为岁月久远而仍不知先生的祖父与父亲当年所居哪一厅房，但是这里的每一丝空气，每一块岁月沉淀的砖瓦，每一根挺拔的梁柱……无不传递着神圣的"箴言"：天将降大任于斯人也，必先苦其心志，劳其筋骨，饿其体肤，空乏其身，行拂乱其所为，所以动心忍性，曾益其所不能！

据史料推断，在郑振铎先生出生的前三年，祖父便已率领全家迁居温州，即光绪年间（1895年左右），当时其祖父约36岁，父亲约15岁。由于家道中落，祖父郑允屏少年时便双亲相继亡故，生活异常艰苦，为投靠表亲而迁到温州当幕僚。如果溯源，郑振铎的高祖郑元璧为村中第二位进士，但清俭至极，家中"敝帏布被，不异寒素"。这亦缘于其父早逝，母亲一灯课读，而三伯夫人纺织相佐，元璧常常潸然泪下，更加发愤苦读，为官后体恤百姓疾苦，清廉刚正……

郑振铎的曾祖郑景渊是元璧的第三子，瓯宁县学训导，可惜亦早逝。其曾祖母郭仲年是晚清道光翰林郭柏荫的长女，才识过人，"简默能文，精于试贴、杂体"，郭柏荫曾为女儿《继声楼帖体诗存》二卷、《继声楼古今体诗》一卷（总计278首）作序，刊行于世；命运多舛的曾祖母年方三十独抚诸孤、呕心躬课，民国《长乐县志》生平有传，后来郑振铎藏书目录中，曾祖母《继声楼古今体诗》亦列其中。诗书传家的先祖皆为秉性高洁之人，在这座古厝曾经发生无数动人的故事，但随着光阴流逝而渐渐隐没……

近代福建商人常贩运荔枝、桂圆和红糖等随船来温州销售，据传其祖父亦尝试当过"水上客"，生活的困顿直至携家温州，在衙门做文书工作后勉强得以维持。郑振铎的父亲郑庆咸为祖父的长子，母亲为郭宝娟，十六岁出嫁后不久即随夫家去温州生活。郑振铎于光绪二十四年（1898年）农历十一月初七，即12月19日诞生于永嘉县（今温州市）乘凉桥一间小屋中。据说他出生那天，全家如逢大典，因为长孙出世，曾祖父捻着胡须可高兴了。算命先生说这孩子将来能大富大贵，只是命相"五行缺木"，于是祖父便给其起了小名"木官"，大名为"振铎"，有"摇铃发号，一呼百应"之意。没想到"郑振铎"之名果然在那个时代发出了令人震撼的强国之音，并聚集在他身旁无数耀眼发光的名字，写入了中华民族光荣的浩瀚史册！为此，他更是付出了一生的努力！

　　浮沉年代常常风雨飘摇，无形中也铸就了小小木官坚毅的品格。随着父亲意外过世，祖父悲楚难抑，常饮酒，微醺时振铎被叫次数最多，常夹菜放入他的小嘴，疼爱地问："好吃吗？"有时亲他一下，髯须扎痛小脸，一如少年初始体验的艰辛。几年后，祖父也郁郁而终，母亲含辛茹苦，上要侍候婆婆，下要拉扯三个未成年的孩子，靠帮人家缝缝洗洗来挣点微薄的收入。郑振铎在一篇未完成的长篇小说《向光明去》中曾融进自己童年的生活影子，文中写到母亲一针一针把零碎的花缎做成各式各样的禽鸟野兽或青蛙之类，针篮中已经有十几只了，母亲仍在不停不歇地做着，憔悴的双眼、清白的脸色，引发天真的孩子与母亲的对话，文中母子相偎情深的细节描写催人泪下——

　　　　……仲芳想不到他的母亲要如此地工作着度日，不禁得放下了书，走到他母亲膝前，把头伏在她膝上哽咽地哭了。良久，觉得头发上有冰凉的水点滴着，他抬头看他母亲，她的泪水也如两行珠串般地不自禁地落下。"只要你好好地读书上进，我受什么苦都可以。"她把仲芳抱在胸前，如她在十几年前之抱他一样。

就这样，在极度拮据情况下，母亲坚持让木官求学，好好上进，直至他峥嵘头角，一步步走上为国建功立业的顶峰，他亦用常人难以追赶的精力、无穷的才华创造了令世人瞩目的伟大成就！短暂的一生，写下了追求理想、追求光明、广博无私的丰功伟绩！

三

闰二月的风啊，此时低低拂过古厝，阳光如金子般，随着我的步伐也洒到相邻的郑氏宗祠天井，眼前雕梁画栋，丹楹刻桷，"文坛巨星"牌匾醒目地映入眼帘，与其他郑氏先人功勋齐耀一堂。壁上，还用木雕镶刻着卓越的历代世祖的浮雕塑像与生平，我看到了"振铎公——二十世祖"位列其上。如果先生有知，他又是该如何欣慰，抑或双眼透过镜片腼腆一笑？

先生一生在温州、上海、北京等地辗转，仅仅于1921年9月回乡葬祖约一个月，但他魂牵梦萦的始终是首占这个故土，始终记得自己是长乐人，撰稿编书无不署名"长乐郑振铎"。他还编了一本《长乐郑氏汇印传奇第一集》，在此书的序文后，署名："一九三四年七月七日长乐郑振铎序。"甚至在他的印章中，亦使用"长乐西谛""长乐郑振铎西谛藏书"。在他遇难前十天，在中国科学院文学研究所作"最后一次讲话"时，还说"我是生长在温州的福建人"。他就是这样爱着自己的家乡，知心莫若瞿秋白，送给他的新婚礼物，两方印章合上一对刻着"长乐"二字，取意双关。他的岳父高梦旦与妻子高君箴就是首占邻乡龙门村人。

因为家庭生活环境的影响，多少年他乡音无改，家中日常交谈，都用福州长乐方言；每遇家乡人，总喜欢用乡音交谈。在饮食爱好方面，郑振铎也是保留着家乡的特色，母亲更是做得一手地道的长乐菜，特别是红糟鸡鸭鱼肉，郑振铎特别爱吃炒粉干……他觉得能以富有家乡风味的闽菜招待文朋好友，这是很自豪的事。因而，热情真挚坦率的他经常邀友来家，一边品尝老夫人的美味佳肴，一边商讨国事，或欣赏新得的古物。而母亲总是慈爱地在厨房忙碌，深明大义的她总是站在振铎身边，支持着孩子正义的斗争和对国家文物的挚爱惜珍。从20世纪20年代至50年代，从上海到北京，从鲁迅、郭沫若、茅盾、瞿秋白、耿济之、徐森玉、叶圣陶、冰心、胡愈之、郁达夫、洪深、王伯祥、俞平伯、赵朴初、周予同、王任叔、周扬、夏衍，一直到钱钟书、杨绛、曹禺、靳以、吴晗、季羡林、夏鼐、柯灵、唐弢、辛笛、吴岩、黄裳，及外国作家，数不清的人被老太太的朴实善良和精湛手艺心生感动，赞不绝口，尊其做的菜为"郑家菜"。尤其是陈毅将军，对老太太的长乐菜慕名已久，但因为太忙，直到先生逝世陈毅也没来得及去品尝。每当他碰见郑振铎就玩笑说："你还欠我一顿饭呢。"面对着国家栋梁的陨落，将军内心悲痛不已。

我的家中多年来珍藏着郑振铎先生《插图本中国文学史》《中国俗文学史》《文学大纲》，每一种都是煌煌巨作！每当我摩挲着其中珍贵的插图，阅读着广博深厚有趣的知识，内心隐隐地浮现他这一生为此付出的苦心与磨难。有人约略统计，郑振铎先生丰厚的著述，发表的单篇文章有2000多篇。出版的单行本中，文学创作有10余种，学术论著与翻译各有20余种，编校的书籍和整理影印的古籍各有20余种，编辑的艺术、历史图籍有17种，主编及参与编辑的丛书达30余种，主编及参与编辑的报刊45种，生前被人编成的选集5种，为人作序跋的书也有50余种……数字是如此的惊人！正如他一生的挚友、新中国首任国家出版总署署长胡愈之所说：郑振铎"用一切力量来为祖国创造更多的精神财富"，他"是一个多面手，不论在诗歌、戏曲、散文、美术、考古、历史方面，不论在创作和翻译方面，不论是介绍世界名著或整理民族文化遗产方面"，他"都做出了所很少人能做到的贡献。"

而今，遗留下一张先生信手所写已团皱，但被友人发现珍藏的字幅，中间题写的是龚自珍的诗句"狂搜文献耗中年"，两边写着这样一段文字——

"予性疏狂而好事，初搜集词曲、小说、弹词、宝卷，继集版画，皆世所不为者也。抗战中为国家得宋元善本、明清精椠一万五千余种。近则大购自置东西文美术考古书二千余种，复集汉、六朝、唐俑五百许品。心瘁力竭，劳而不倦，而意兴不衰。其将摩挲古书、古器物以终老乎！诵定庵此语，深喜之，爱书置座右，以自劳焉。"

这是他性情的真实写照！犹如俞平伯评价的"兴高采烈，活泼前进，对一切人和事都严肃认真，却又胸无芥蒂的大孩子"。特别他孤守沦陷的上海，舍生忘死抢救劫难中的中华文献图书，沧海横流，方显出英雄本性！先生品格之高尚、眼界之宽阔、气魄之雄浑、学识之完整，谁能不为此而折服！

春光因了欢喜，流淌于首占的每一个角落，不！是在中华民族的每一寸土地歌唱。我的耳边仿佛回荡着先生一遍遍荡气回肠的声音：

"文艺工作者在这个大时代里必须更勇敢、更坚毅地站在自己的岗位上，以如椽的笔，作为刀，作为矛，作为炮弹，为祖国的生存而奋斗。"

"一个国家有国格，一个人有人格。国之所以永生者，以有无数有人格之国民前死后继耳。……狐兔虽横行于村落中，但鹰鹗亦高翔于晴空之上。"

"我们要知道，中国是最有希望的国家，因为有无限量的未可知的力量从来不曾表现过……"

"未来的中国，我以为，将是一个伟大的快乐的国土！"

先生是为鸟儿写谱立传的长乐人

●墨 黑

先生是享誉世界的鸟类学家、动物分类学家、教育家、科普作家，中国科学院院士，是中国现代鸟类学奠基人之一，是中国鸟类地理学的开拓者，是中国乃至全世界鸟类学和动物学界的一代宗师。业内人士说他是"世界级的学术大师"，是"横在我们面前的一座高山"。

在长乐首占村郑氏祠堂，那高高挂起的"院士"牌匾，承载着家族宗亲的荣耀和骄傲，表达着家乡人民的崇拜与敬重。

"先生是为鸟儿写谱立传的长乐人！"郑氏祠堂门口一位老者的话充满自豪。虽然不在这里生长，但先生从一个"博物少年"到"科学巨匠"的精神和故事，在他的家乡长乐，进展馆，入课堂，妇孺皆知——

出生在有福之州的先生，自幼开朗活泼、热爱自然、聪颖好学。六年的中学课程，他只用了四年就学完了，不满十六岁报考福建协和大学被破格录取，并以优异的成绩提前半年取得学士学位，从此开始了他的开挂人生。

1926年，刚过19岁生日的先生漂洋过海，到达大洋彼岸，考入当时美国的名牌大学密歇根大学研究生院生物系，专攻动物学。四年后，一篇不同凡响的科学论文《林蛙生殖细胞发育史》发表在德国科学刊物《细胞研究和超微形态学报》上，震惊欧美科学论坛。于是，郑作新——这个中国人的名字，在业内响亮着！

这一年，23岁的先生成为密歇根大学最年轻的博士生，并获得了美国大学研究院为鼓励学生开启和探索科学技术而颁发的"金钥匙"奖。

先生珍惜这份荣誉。在过去的艰苦岁月里，为了生活和科研，家里曾变卖各种财产来接续，唯独这把沉甸甸的金钥匙，他始终被珍藏在身边，作为激励自己努力攀登、不断奋进的力量。

密歇根大学有一座收藏丰富的博物馆，里面陈列着大量的生物标本，这里是先生最喜欢来的地方。一天，他又来到博物馆。突然，一只艳丽的大鸟跃入他的眼帘。走近一看，原来是一只产自中国的、被外国人命名为"红腹锦鸡"的金鸡！先生听说过宝鸡的金鸡岭，听说过金鸡的美丽传说。看着这绚丽夺目的标本，先生仿佛看到五彩缤纷的金鸡拖着长长的羽毛，在渭水之滨、秦岭之巅展翅高飞的情景。

此时，先生内心的情感非常复杂。他从填海的精卫想到《诗经》，想到《尔雅》，想到《说文解字》《本草纲目》中丰富的有关鸟类的内容……我们的祖先，很早就开始了对鸟类的观察和研究，只是国家内忧外患、积贫积弱，致使科学教育落后。面对眼前的金鸡标本，先生想：中国丰富的鸟类资源在全世界享有盛名，像金鸡这类中国独产种，我们中国人最有权利、有责任、有义务去研究它！

先生再清楚不过：鸟类是世界上最美丽、最多样化的生物之一，它们带给人们的不仅仅是精神上的愉悦享受，在维持地球生态平衡方面，鸟类扮演着极其重要的角色，而且直接影响到人类的健康、经济的发展和粮食的生产以及数百万种其他的物种。研究鸟类、保护鸟类举足轻重！

于是，先生有了自己的抉择：振兴中华民族鸟类科学的研究事业！这意味着，他要放弃熟悉并已初步取得成就的胚胎学，改为国内尚无人专门研究的鸟类学。他要失去在美国拥有的先进优越的科研条件，放弃优厚的待遇和物质享受。但先生义无反顾："我的心早已飞回祖国，飞回我思念的鼓山——因为鼓山永远是我心目中最美的地方，我认定在那儿，才能创造出带给我终生欢乐的最美作品。"

先生接受了福建协和大学的邀请，于1930年9月回到母校执教。他风趣幽默、灵活生动的教学风格，获粉众多，其他系的学生也纷纷选修他的课。为了有更好的教学效果，先生坚持用中文授课，用中文撰写教材，这在当时崇洋媚外的风气下，是多么的难能可贵！他撰写的《生物学实验指导》于1933年由商务印书馆出版，成为国内第一本中文版生物学的大学教材。之后他又陆续编写了《普通生物学》《脊椎动物分类学纲要》等书。他组织生物学会，带着学生和同事，利用周末和节假日，上山下岛，到大自然去考察采集、现场教学。以至于半个世纪之后，他还收到学生的来信："上您的生物课，印象最深，并曾参加清晨到野外去观鸟，一转眼五十年过去了……"

"七七事变"后，为躲战乱，福建协和大学内迁至闽北武夷山麓的邵武。在这里，先生凭借武夷山地区的丰富动植物资源，展开鸟类调查工作，在艰苦的环境中，完成了他的成名作《三年来（1938-1941）邵武野外鸟类观察报告》，这是先生研究鸟类的初步成果，也是国内第一篇有关鸟类种类及其生态实地考察的报告。此文受到当时科学界的重视，并获得嘉奖。但先生心里明白，今后的路还很长，他决心克服一切困难，实现中国资源应由中国人为主进行研究的愿望。

立志以科技救国！

1944年，中美两国商定互派教授进行学术交流，先生被选中，与严济慈、梅贻琦、林同济、袁敦礼一起，作为中方派出的使者赴美。次年春，先生从邵武出发，辗转长汀、昆明、重庆，经印度、伊朗、埃及、摩洛哥，历时两个月，到达华盛顿。

先生以客座教授的身份，在美国东海岸的十几所大学进行学术交流，同时到各个博物馆去查看被采集收藏的中国鸟类标本和有关研究文献。他在鸟类方面的研究成就，受到美国各有关学术团体的重视和欢迎。他的母校密歇根大学诚邀他留下，从事博士后研究工作，被先生婉拒。1946年9月，先生回到了他日思夜想的祖国。

先生从美国带回来的几大箱行李，全是有关中国鸟类标本的记述及有关文献的单行本和许多资料和笔记。回到福建协和大学的先生，争分夺秒，一边工作，一边开始综合分析和整理资料，终于在1947年完成了专题论文《中国鸟类名录》，并发表在中国科学社研究专刊上。这是中国学者首次系统地研究中国鸟类家底的专著，它的发表，标志着中国鸟类学研究已达到新的水平。此书也为新中国成立后我国鸟类全面考察和研究提供了基础。同年，先生还在中国科学社主办的《科学》杂志上发表《中国鸟类地理分布的初步研究》，此文对中国动物地理学研究有着开拓性影响。此后的半个世纪里，先生的足迹遍布全国各地，广泛进行调查，不断对中国整个鸟纲动物进行全面系统的总结，发现了大批新种、新亚种、新纪录，并纠正了过去一些鸟类分类中的错误，还有机会出国访问研究，查遍散落在国外的中国鸟类标本收藏，撰写了20多部科学专著，40多部专业书籍，140篇科学论文，200多篇科普作品，众多著作被翻译成各种外文出版，为世界鸟类学提供了大量有关中国鸟类的完整资料，得到国际学术界的赞许和褒奖，为中国鸟类研究在国际上争得一席地位。

对于大多普通民众，我们无法走进鸟类学这个领域，也不大可能去阅读先生的专著。但是，我们并没有远离，我们一直置身其中——

20世纪50年代中期，全国掀起除"四害"运动，麻雀被定性为害鸟，和老鼠、苍蝇、蚊子一同并列为"四害"写进了《1956年全国农业发展纲要》中。之后，各地灭雀活动五花八门，网捕、下毒饵、锣鼓震吓……麻雀被判处极刑。

但是，生物学家却有不同看法。一时间，关于麻雀是害是益讨论热烈……先生提了两个观点：一是麻雀是消灭不掉的，因为它的分布是世界性的，防治麻雀不是消灭麻雀，而是消除雀害；二是麻雀的育雏期以昆虫为食，故这一阶段是相当有益的。先生还编写了一本以《防除雀害》为名的科普小册子。为了给麻雀当"辩护律师"，先生和他的同事们在河北昌黎果产区和北京郊区农业区，进行了长达一年时间的调查，共采集了848只麻雀标本，对其全年的食性进行了详细的研究。先生的科考表明：春天麻雀下蛋孵卵喂雏期大量捕食虫子虫卵；夏季飞入农田啄食粮食；秋收后和冬天主要以草籽为食；在林区和城市，麻雀有益无害。先生和他的团队，本着科学的态度，用事实说话，写出了《麻雀食物分析的初步报告》发表在《动物学报》上，还在《人民日报》等报刊撰写文章谈麻雀的害与益。后来，中科院向毛主席陈情，终于为麻雀平反，"四害"中的麻雀换成了臭虫。

始于20世纪80年代初的"爱鸟周"活动，先生是积极的倡导者支持者和实践者。为推动这个科普活动，他引经据典、谈古论今，编写科普文章在报纸杂志上发表，还亲临各种活动现场演讲，在中央电视台发表爱鸟、护鸟、维护生态平衡的电视讲话……如今，四十多个"爱鸟周"过去了，爱鸟、护鸟已成了人们的文化自觉和行为自觉，先生"莺歌燕舞""鸟语花香"的愿景，在城市、在乡野、在山川、在祖国的每一方土地成为现实。

1936年，先生在撰写《长乐县志中的鸟类》一书中，曾对家乡寄予殷殷期望："所望邑中贤达，亟能引用科学方法，整理桑梓珍藏，庶几有新颖之发现，足资征引；诚能如斯，则他日之贡献于吾国科学者，当匪浅鲜耳。"先生，您的在天之灵，看到了家乡的鳝鱼滩成群结队的鸟儿了吗？这块位于闽江河口的四万多亩湿地，经鸟类专家长期的综合调查和科学论证，发现有19目70科244种鸟类在此越冬栖息，其中世界濒危物种及国家重点保护鸟类36种。

"关关雎鸠，在河之洲"。这个鸟儿的天堂，不正是先生心中那一方净土吗！

吴航名贤，长乐人杰

● 黄须友

"福山为脊，闽水为脉"，造化了钟灵毓秀、物华天宝、人杰地灵的文献名邦——长乐。

长乐于唐武德六年（623）建县，先新宁而后长乐，别名吴航。1400年来，长乐这片沃土人才辈出，他们深邃的思想、开创的事业，影响了长乐、福州、福建、中国乃至整个世界，他们成为一座座丰碑，影响着文明的发展，推进了历史的进程。

文儒之乡

历代志书《闽通志》《三山志》《福建省志》等，无不称赞长乐文风之盛，儒学积淀深厚。

长乐人方子安于宋初即创建明教堂（学堂）。长乐人推崇林慎思等杰出的政治家、思想家、教育家，林慎思，长乐崇贤乡钦平里（今长乐区潭头镇）人，历代学者均称赞林慎思"首倡道学的晚唐儒宗"，也是八闽思想家第一人，四库全书子部收其《伸蒙子》三卷、《续孟子》二卷。

宋代庆元初年，大儒理学宗师朱熹为了避"伪学"之禁，一度寓居长乐，传授徒讲学。理学大师黄榦，长乐青山人，受业朱熹，一生以弘扬朱子学为己任，为朱子学的形成和发展及在思想界的主导地位的确立做出巨大的贡献，后世尊为闽学开山人之一。

还有宋代的经学大家陈烈，他专心做人治学，不热衷于科场求官。宋皇祐年间，皇帝多次征召，他皆以学业未成婉言拒绝，欧阳修上表奏称："陈烈清节茂行，非唯一方学者之所需，致之朝廷，必有裨补。近闻命以官秩，使教于乡，未足以称励贤施德之举。"陈烈与福州同乡陈襄、郑母穆、周希孟被称为"海滨四先生"，人品学问，传颂千古。

明代被誉为"闽中十才子"中的王恭、高棅皆为长乐人。王恭，长乐沙堤人，才思敏捷，千言立就，善诗，风格凄婉，多为登临送别、吟咏隐逸生活之作品。后人评价他的诗歌"生平佳名超子羽，彦恢而上之"。明代永乐二年，他以布衣召为翰林待诏，参修《永乐大典》，著有《凤台清啸》《草泽狂歌》《白云樵唱》等诸多诗集。

高棅，长乐龙门人，字彦恢，号漫士，博学能文，经史百家，无不通究，诗、书、画时人称"三绝"。永乐元年（1404）他以儒士召为翰林待诏，参修《永乐大典》，编有《唐诗品汇》《唐诗正声》，首次将诗体分类，在中国文学史和批评史上占有一席之地，所著《啸台集》《水天清气集》被收入《四库全书》集部。

明代著名学者还有谢肇淛，长乐江田人，字在杭，号武林，著名的文学家、文艺理论家、博物学家。清代雍正时郑方坤，长乐玉田人，字则厚，号荔乡，为学者、文学家、评论家。知直隶邯郸县，迁景州知州，历任武定知府，转登州、兖州知府。兴文教，恤民艰，理河槽利弊，抑边防要领，清正廉明，民被实惠。为官三十年，著述不辍，经史子集，罔不涉笔，著有《十三经稗》《五代诗话》等十四余种。《四库全书》经部收其《十三经稗》六卷，集部收《全闽诗话》十二卷，《五代诗话》十卷、《蔗尾诗集》十五卷，《文集》二卷。难能可贵的是，他勤于笔耕，善书法，写作大量的笔记小品，每到一个地方皆留心风土、民俗、人文，编辑成书，裨益政务，以为借鉴。

科技人才

长乐素来有崇尚科学的传统，在水利、农业、医学、数学、建筑、天文历法、航海造船等领域都曾有让世人瞩目的发明创造，涌现出一批杰出的人物，也为后人留下许多科技的文献。

水利是农耕文明的命脉。长乐的土地肥沃，但旱涝严重，因此长乐人重视水利的修建和利用。南北朝十三都的严光舍田凿湖，人称严湖，后人称之为"西湖"，灌溉农田400余公顷；唐天宝年间，方安里筑湖，时人称滨闾湖，后称"东湖"，灌溉农田700余公顷。还有始建于唐大历间的陈塘港，港长七八千米，水网通达183个村庄，灌溉农田10余万亩。

林安上始建的莲柄港水利工程是福建省沿用最早、追完备的古代水利工程，它一直是长乐人民饮水、灌溉田的主要水源。《长乐县志》屡载："宋林安上尝凿山为港，引马江水以灌田，利舟楫，因石坚不果凿。"

林安上为唐代思想家林慎思第九世孙，字民瞻，自号归愚，长乐古槐屿南人。林安上所在的林家一脉，后裔人才荟萃，世代簪缨，林安上从小博学多才，闻名乡里。

建炎元年（1127），林安上官升司农卿，掌管全国农业，他深切同情农民疾苦，时时刻刻都在想着改变这种面貌。长乐莲柄港本是天然良港马江的支流，由龙门港的尾道至莲柄村，因龙腰山阻隔，江水不能东流，长乐中部平原及南北乡农田无法受益，逢天旱之年几乎绝收，乡民只能望天兴叹！建炎二年，他以秘阁修撰出任福建路兵马辖，安抚使，权发遣福州军州事，掌管福建军政大权，并代理福州知州。当时福建、福州的缙绅为之张灯结彩，铺锦庆贺，地方一时为之光荣。在其任上，林安上首倡开凿莲柄港水利，为解家乡父老缺水之苦，造福桑梓，传为千古佳话。今天莲柄港水利千年梦想已成真，但是长乐人民还永远怀念着莲柄港水利第一人——林安上，并且在莲柄港旁边兴建了水利公园。

林安上在水利上建功，名垂千秋。他所在时代金兵南下，高宗赵构被迫移都临安（今天浙江杭州）。林安上极力主张抗击金兵，不畏权贵，屡屡因言获罪。他一生精忠报国，立朝敢言，屡次上书弹劾黄潜、汪伯彦二位奸相，批评他们欺君误国、祸国殃民、专权自恣、杀害忠良。

在科技方面，长乐还涌现了很多人才，如治水女杰钱四娘（1023—1068）、珠算鼻祖柯尚迁（1500—1582）、第一儒医陈修园（1775—1823）、百科学者谢章铤（1821—1904）、四角号码检字法发明者高梦旦（1870—1936）、中国近现代天文学奠基人高鲁（1877—1936）、中国鸟类学泰斗郑作新（1906—1998）、著名科普作家郑公盾（1919—1991）等，数不胜数。

海军人才

长乐自古就是我国重要的对外口岸，而且长乐沿海兵汛环立：东山汛、寨下汛、壶井汛、仙岐汛、文石汛、洋屿汛等，梅花还是千户所。清康熙平定三藩后，在天津、杭州、福州长乐、广州设置了四大水师旗营。鸦片战争后，清政府中以曾国藩、李鸿章、左宗棠为代表的洋务派，提出学习西方先进技术，创办近代工业和新式军队，左宗棠在马尾创办了福州船政局，下设船政学堂培养造船和海军人才。在海边长大的长乐人，为了报效祖国、建设海军、抵御外患，纷纷报考福州船政学堂，投身近代中国海军建设，在以宗法裙带关系的社会土壤里，长乐培育出了多个海军世家。

这些海军世家，在推动海军建设和发展都做出了重要贡献。如古槐青山黄家、古槐屿头蒋家、航城泮野林家、江田三溪梁家、鹤上沙京李家、金锋横岭谢家、古槐感恩曾家、航城龙门高家、金锋陈店陈家、航城琴江贾家、航城琴江许家、航城琴江黄家等等。

古槐镇黄氏家族走出的第一位海军是宋代大儒、朱熹女婿黄勉斋的第二十三世孙黄钟瑛，此后黄家形成了连绵三代的一个庞大的海军世家。这个家族的海军界的代表人物就是辛亥革命后中国第一任海军总长、海军总司令黄钟瑛。

黄钟瑛(1869—1912)，原名良铿，号赞侯，海军上将，祖籍长乐青山下村，六世祖黄德章时迁居闽县茶亭街。福州船政后学堂驾驶班毕业后到刘公岛枪炮学堂实习，历任"飞鹰""镜清""海筹"舰管带(舰长)、海军部参谋。中日甲午战争牙山海战，"济远"舰遭到3艘日舰围攻，舰身中炮，危难之际，黄钟瑛协助管带方伯谦回击敌舰，连发40余炮，命中敌舰"浪连"号，重创敌旗舰"吉野"号，使"济远"舰得以保全，受到朝廷嘉奖。武昌起义后，他率领"海筹"舰易帜起义，湖北军政府任命黄钟瑛为第一舰队司令。中华民国临时政府成立后，孙中山任命黄钟瑛为海军总长兼海军总司令。民国政府迁往北京后，黄钟瑛辞去海军总长职，留任海军总司令，于1912年12月病逝于上海，按海军上将例优恤。在福州孔庙召开追悼会时，孙中山送挽联："尽力民国最多，缔造艰难，回首思南都俦侣；屈指将才有几，老成凋谢，伤心问东亚海权。"对他的一生给予非常高的评价。

百花齐放

在其他领域，长乐也是人才济济。思想哲学方面，有八闽思想家第一人林慎思、创立百丈清规的怀海禅师、闽学大师黄榦、清代著名学者梁上国等；造船海航方面，有明代的造船专家谢杰、跟随郑和七下西洋的李参、民国的海军上将黄钟瑛、民国海军总长林建章、民国海军总司令蒋拯；在农业水利方面，有钱四娘，有中国引进番薯第一人陈振龙，有明代的水利专家陈文沛，有民国时期的农学家、教育家林冠彬；在理科方面，有中国珠算大师柯尚迁，有明代的学者"潮汐说"的提出者陈省，有中国现代著名天文学家高鲁，有著名的化学家郑贞文，有出版家高梦旦；在文史方面，有著名文学家、文艺理论家、博物学家谢肇淛，清代的文学家郑方坤，清代的文学家，考据学家、文艺理论家、楹联鼻祖梁章钜，清代学者谢章铤，新文化运动的先驱、著名作家郑振铎，著名文学家文坛祖母冰心；在绘画方面，有宋代画龙第一的陈容，明代著名画家林之蕃，书画名家陈子奋、潘主兰、周哲文……

翻阅着这些名贤、大家的历史资料，我的精神受到了一次新的洗礼，感受着无数次的心灵震撼，为这福山宝地、长山乐水骄傲，向众多历史上各个时期的吴航名贤、长乐人杰致敬。

乐在其中

长 安 久 乐

长乐
CHANGLE

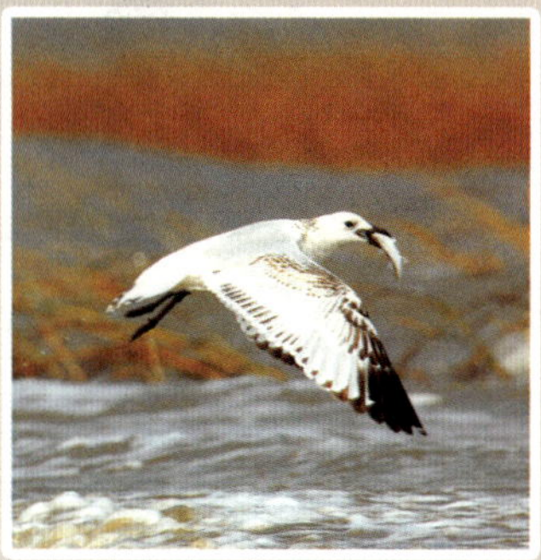

风过长乐

● 曾建梅

一、公用古井与洗衣板

在长乐漳港龙峰村蔡氏宗祠的右侧,有一口古井。质朴简单的青石井沿上刻着"明正德庚辰年冬 蔡公井"的字样。正德十五年即公元1520年,也就是说,这口古井距今至少有五百年了。

井旁边还有几座未被推倒重建的老厝,泥墙里嵌满了碎砖块和牡蛎壳。这是福州地区明清时期常见的古墙,只是如今少有人住,屋顶上都长满了荒草和瓦衣。

老厝的外围是一座座富丽堂皇的小别墅,这是村里人富起来以后修建的新时代中西结合的大厝。低矮的老屋在这些多层大厝掩映之下有些寂落,但是却有别样的古朴与庄重感。

龙峰村历史悠久,主要分布着杨氏、蔡氏、林氏三大家族,村史记载杨氏始祖文正公于明代由温州府永嘉县迁入,蔡氏始祖蔡缶由莆田蔡宅村迁入,林氏始祖必深公由胪峰山迁仙岐,后赘居犀邱。

犀邱是龙峰村的旧称,名字源于龙峰山顶的一角岩石像犀牛角一样拱出坡面,指天而立,既像犀角,亦像龙角。故今名龙角峰。

蔡氏旅谱上说长乐漳港蔡姓最初由莆田迁入，为蔡襄后裔，入闽之前根自河南固始，至浙江再至福建莆田再到长乐。正是因为不断地迁移，使他们对于宗亲族类特别有守护之心。

来到长乐的蔡氏先祖先是用泥巴堆成几处小房子，慢慢生长出更多的聚落，所谓播迁，所谓的繁衍，即是如此。

那口井水，便是他们的生命之源。五百年前，没有机械，全靠人工，打井不是件容易的事，首先是懂一点风水勘测之人选好水脉，再有强壮的劳动力挖开表面的泥质层，越往下，岩石越坚硬，需要会石匠工艺者到地面以下，用钢钎铁锤一点一点凿开坚硬的石壁，岸上的人再把泥土石块一点一点提上来。也许有的地方打下去十几米深还不一定见得到水，这是一场旷日持久的工程。在见到水脉的那一刻，这些人心里是如何的欣喜，只能靠今人的想象和脑补了。

一口井，五百年，到现在仍然水脉丰盈。坚硬质朴的石台井沿无声地伫立在这里，表面的石坑纹一开始一定有些扎手，但几百年过去已经变得圆润了，摸上去自有一种妥帖和踏实。

井的旁边是一个石砌的洗衣台，不像我们经常见到某户人家的洗衣台那般四方，这个洗衣台长有好几米，制作粗朴，共分隔成六个方形水槽，可供好几户人家的主妇并排刷洗衣物。男人们在这里汲水，挑回家洗菜烧饭；女人们围着井洗衣，在一字排开的搓衣板上刷刷洗洗，互相聊着家里长短，热闹的景象仿佛就在眼前。围绕着这口公用水井和洗衣台，一个以蔡氏亲族为主的小型乡村社会便逐渐成形了。

水井旁的蔡氏宗祠正在修缮，门口大埕由水泥地正在铺设庭院。厝内正梁上挂着的祖先像和摆在供桌上的祖先牌位将这一支蔡氏始祖追溯至北宋时期著名的书法家、政治家蔡襄。与蔡襄差不多同时代的另一位文化巨人——朱熹也曾在这个村子留下足迹。龙角峰顶的巨岩上刻着"朱熹读书处",朱熹两弟子刘砥和刘砺兄弟、女婿黄榦皆为长乐人,朱熹终其一生"广教化、敦风俗、播儒教",在他生命遭受攻击,"理学"被朝廷斥为伪学阶段,应弟子之邀到福建的邵武、泰宁、南平、古田、长乐等地讲学,实为避难。想必也正是那段时期足迹至犀邱,也在这里也播下了文明的种子。

二、从模范村到好人政府

古往今来大用大效,小用小效,有蔡襄、朱熹这些先贤们播育教化,后来的长乐主政官员们也屡屡效仿。清乾隆年间长乐县令贺世骏在《长乐县志》中出场率极高,他不仅主持修建了长乐主城区的西门新街,在乡下兴修水利、建防洪堤坝,在文教方面也贡献颇大,县志记载:"吾邑自贺侯振兴文教,相阴阳于塔山之下,既建吴航书院,复捐廉俸四百金存质库取息以充膏火,嗣又虑质库非久远之图,就邑西关外隙地,新辟店房四十余间,年按店收息,为膏火资。余过书院讲堂,见宿舍棋布,是漏下五鼓,而子夜书声,若出金石,藜灯莹莹,光芒四映,因不禁忻然有邹鲁之感。"

与贺世俊以房产店面为学子们换膏火灯油钱之想法不谋而合,民国时期孙中山的秘书黄展云在长乐营前建设新街,初衷是用一间间骑楼从地主、乡绅手中换取土地,再无偿分配给赤贫的农民,以实现孙中山先生耕者有其田的理想。

与梁漱溟所提倡的平民教育一样,教育出身的黄展云希望从个人修养、群体义务、道德职责、社会政治等进行全方位建设,打造一个知识分子理想的"模范社会"。

模范村也继承了朱子"敦教化、传儒学"之理念,设立成人班、妇女班、夜校扫盲班和乡村幼稚园；开办农贸市场和多个工厂，全力发展工商业；开展卫生防疫，建西医医院，推广接种牛痘；组织警备队，维护社会治安等，从政治、经济、教育、文化全方位地打造一个理想社会。

另一位在长乐开展社会治理实验的是孙中山先生的女婿王伯秋。王伯秋，字纯焘，祖籍湖南湘乡，1884年生，父亲王谨巨早年追随曾国藩办团练，后历任常熟镇总兵、台湾基隆镇总兵、淮北水军统领，还被清廷诰封为建威将军，晋号"巴图鲁"。作为官二代的长子，王伯秋15岁按父母之命与父亲官场同僚之女结婚，婚后就读于杭州武备学堂，后留学日本，入读早稻田大学政法系。在此期间，他参加了东京同盟会，结识了孙中山、宋教仁、黄兴等爱国志士，并深得孙中山先生的器重。

王伯秋从早稻田大学毕业后又赴美国哈佛大学进修政治学，同一时期孙中山先生与卢慕贞所生的次女孙琬亦在美国加州州立大学文学系学习。孙中山便委托王伯秋照顾女儿，不久王伯秋与孙琬渐生情愫，结为夫妻，并育有一女一子。

从今天网络上能找到的王伯秋的照片来看，他五官端正，眉目清秀，鼻梁上架一副圆框眼镜，知识分子气质浓郁。他比孙琬大12岁，身在异国他乡，互相照顾慰藉，产生爱慕之情。(1934年)，王伯秋任福建省行政督察专员兼长乐县长，督察专署设在长乐，此时他已经和孙琬分开多年。

王伯秋在长乐县任职4年，广行善政，积极推行他的"好人政府"施政主张。他曾经留学海外，深受西方现代社会的影响，希望建立一个更加文明现代的新社会。

在长乐期间，他着手整顿长乐县城区市容，整修中山路，将县政府以西至河下街码头，长660米、宽6.5米的临街房屋拆旧翻新，统一改建成砖墙的两层楼房，同时在道路两旁种植龙眼等果树，打造一个接近西方文明社会的新型街市模样。又在中山路中段建"中山堂"，用以形式多样的文娱节目演出，给长乐民众带来耳目一新的文化生活。他还在三峰塔下倡导建造塔山公园和运动场，让市民们可以锻炼身体；在河下街畔建起江滨公园，在太平桥汾溪之畔辟吴航公园，让市民们有了休闲之处。他从加强文化建设入手，成立民众教育馆，开办短期义务小学，提倡识字运动，启发群众接受科学知识，引导他们关心国事，激发他们的民族意识。他还组织流动施教团，购置电影机、留声机、教育影片等，亲自前往未办学的边远乡村宣传教育。今长乐城关至营前长达8.8千米的县内第一条公路以及城关至金峰、城关至江田的公路，便是当年王伯秋领导开建的。

三、新时代的道德评议与文明积分

民国知识分子们一直在长乐探索建立好人社会、模范村，他们的未竟之路到今天是什么样子呢？从蔡氏宗祠出来，我们经过龙峰村委会的时候，门口的小广场上摆了一排长桌，桌上有洗衣液、纸巾、食盐、肥皂等各种居民日常所必需的生活用品。几位穿着志愿者服装的大姐热情地招呼村民去兑换。拿什么换呢？文明积分。积分表里包含了家庭卫生、房屋周边环境、婚丧嫁娶是否大操大办等各项标准，凭这个积分就可以兑换一些生活用品。有老年的依姆依伯喜滋滋地拎了洗衣液、纸巾等冲我们笑着——相对于微小的物质奖励，一种被公众认可和肯定的荣耀感更令她们脸上有光。

在长乐玉田的琅岐村，一季度一次的"放榜日"也是开展移风

玉田琅岐村（陈铭清　摄）

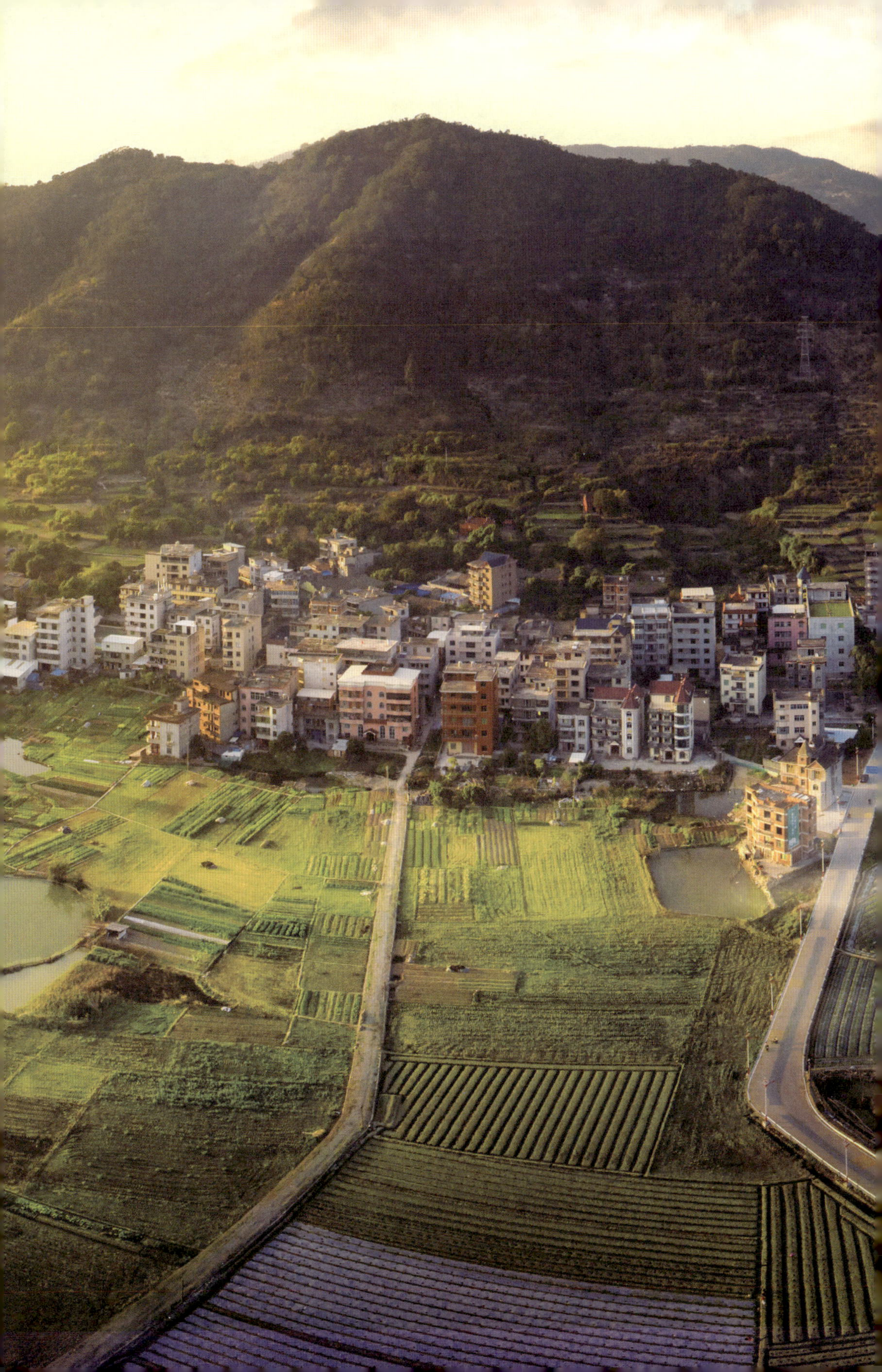

易俗上的一项探索和实践。由村委会、老人会、老党员、乡贤及村民代表等组成的道德评议会，根据积分制评定结果对相关事项或人员进行评议，对评议出的群众公认、可学可鉴的先进典型，通过"善举榜""红黑榜"等平台公布，广而告之，形成一种积极正面的舆论导向同时将先进典型纳入"身边好人""最美家庭""星级文明户""道德模范"等评先评优推荐表彰范围。村里还定时举办道德讲堂、事迹报告会等，让先进典型走上讲台，现身说法，引导群众讲道德、做好人，实现"知行合一"，让善行义举在村里蔚然成风。

长乐金峰曾是操办红白事铺张浪费的重灾区，原因是金峰镇人是最早下海的一批人。金峰一个凤池村人口3400余人，有大小企业30余家。企业家们爱面子，讲排场、比阔气，相互攀比斗富，宴开百桌以上的屡见不鲜，而且为了摆阔，不仅不收礼，来参加宴席的亲友还能得到一笔回礼，这回礼的金额也越来越大，有人甚至不惜掏空家产来冲场面。

攀比之风日盛，普通家庭虽然对此深感厌恶，却怕被村人嘲笑鄙视，不得不随波逐流，很多人因此背上了沉重的负担，严重影响了正常的生活。甚至也有人借婚丧嫁娶之机邀请公务人员参加，行贿赂之实。

针对这一现象，长乐区痛下决心，开展专项整治，推动出台了一系列移风易俗制度体系和工作机制，要求各村事主操办红白喜事宴席5桌以上的，至少提前一周主动填报《酒席审批表》报备，实行"一事一档"（审批表、入户宣传、酒席巡查）要求，严格按照"事前登记-事中监管-事后反馈"全流程管理模式，充分利用长乐移风易俗app，对每个村操办的每一场丧事、喜事进行全程动态跟踪监督。各村通过制定《移风易俗村规民约》，详细规定酒桌以及菜肴的数量，并成立移风易俗老年志愿者队伍，配合村两委干部，加大入户劝导力度。有了官方的态度，村民们再也不用打肿脸充胖子，把毕生积蓄都花在办酒席的排场上了。以前，有的村办酒宴普遍都在50桌以上，菜肴有时每桌多达36道，浪费严重，现在喜宴最多35桌，丧宴最多50桌，菜肴最多20道。如今，移风易俗之风吹遍了长乐大街小巷，勤俭节约、婚丧简办的理念已经深入人心。不仅倡导酒宴俭办甚至不办，镇村还引导村民们将酒席之费用转而捐资助学，把精力和资源投入到村镇的公共事务中。

漳港龙角村企业家蔡先平是最早下海吃螃蟹的那批长乐人，多年来创业有成，积累了大量财富。他原本打算花巨资在村里请客办酒、庆贺孩子结婚，在村委工作人员的劝说和动员之下，他简办婚宴，将省下来的50万捐给了长乐区教育发展促进会，一时在村民口中传为美谈。2020年12月28日，村民杨春魁的母亲病故，按照其生前的愿望，杨春魁兄妹三人遂决定简办丧事，将母亲省吃俭用留下的5万元捐献给街道慈善爱心超市。2021年1月1日，杨增宝的母亲病故，在街道和村两委的共同动员下，兄弟7人也决定积极配合移风易俗工作，简办母亲丧事并捐献爱心超市5万元。2022年9月，漳港街道林德贵、林德新、林春三兄弟主动响应移风易俗号召，简办父亲林仁庆的丧事，为龙峰村教育基金会捐资5万元……通过村委不断地宣传和引导，这样的事例越来越多，在教育与慈善的投入上村民们不吝付出、踊跃捐献，让个人或家族的面子成为全村的"面子"、全区的"面子"。如今走在长乐乡间，富丽堂皇的除了村民们自家的高层小别墅，最显眼的就是各村的公用礼堂、剧院和堪比大城市规模的校舍、图书馆、老人活动中心等公共建筑。这也见证了长乐改革开放几十年以来由物质财富的丰盛转向精神层面富足的一个过程。

礼失求诸野，乡村一直是守护文明的最后一道防线。从早期亲族聚落间自然而然的和谐相处，到社会发展壮大后的治理实践，从模范村、好人社会到乡村振兴，是中国乡村治理的一次一次地探索和实验。道德评议、乡风文明建设是乡村振兴当中精神文明的一个重要内容，也是经历了上百年西方文明冲击的现代社会向中国传统社会的儒家礼教的回归，愿自古而来的文明之风继续吹拂在长乐乡间和乡民心间。

故乡来电

● 万小英

一根绵长的线，一头连着这边，一头牵着那边。这是侨乡游子的心。他们在异国牵挂着故乡，故乡有父母，有祖辈的土地，有根脉。

长乐是侨乡，很多侨村超过一半的人口旅居国外，留下来的多为老人，村子是他们最后的庇护。千百年来形成的村庄传统模式，在这里发生着剧烈的变化，我们该如何重新定义"村庄"？四月的风里，浓郁的甜柚花香充溢着洋屿村和长安村。

洋屿村位于闽江口南岸，是宋代宰相郑昭先旧里，明朝郑和七下西洋舟师曾在此驻泊、伺风开洋，并为这里的云门寺修宇造佛。目前村民1300多人，多为老人，在外华侨逾两千人，散布于美国、欧洲、东南亚各地。

走在村中，处处可见老人恬静的身影，让人有一种很踏实的感觉。他们在敬老院闲唠，在门球场打球，在亭子里下棋，在长者食堂吃饭，在超市买菜，在街摊挑水果……洋屿村虽说是村，但给人的感觉很像小镇：水泥路，人行道砖铺，两旁的芒果树；西泽线公路穿过村子，公交车来来往往，在村里就有洋屿村口、澳尾、洋屿、云门寺等站台；电信营业厅、邮政局、农商银行等一应俱全；漂亮的洋屿小学和幼儿园、卫生院；文化活动中心的图书阅览室、电子阅览室、游泳池、健身房等；1300个座位的大礼堂；还有那华侨新村、"鹤都楼""鹤新楼""鹤侨楼"的一栋栋楼房。这让人深感"麻雀虽小，五脏俱全"，生活的链条不出村就可完整。对了，还有饮水，村里竟然有自来水厂，水源从五千米之外的考溪引入村内，每吨水只需要象征性的1元钱，还可以创利，供水给周边厂子。

傍晚时分，有人在广场起舞，更多的人则挽着手去湖畔散步——我很喜欢下芦塘河，这是一个新修整的环河道公园。河流婉约延绵，并不规整，却有一种天然的朴素感，步行栈道沿着河道铺就，一圈1.6千米，半个多小时可以走完。小桥流水，亭台摇椅，河中还停了画舫。沿河建栈道并不新奇，但这里有大片的田地，是真正的农村，这片翻了新土准备播种，那片种满了草莓和菜苗，还有一大片的果树，龙眼、柚子、砂糖橘等，甜甜的香味招惹着蜜蜂忙来忙去……在这里，心会安静下来，土地故园的回声，让人生起"久在樊笼里，复得返自然"的感觉。

河畔设有故事长廊，有长乐历史人物治水的故事、中国历史治水名人等，还展示了这条河道整治前后的对照。原来，2014年前，下芦塘河道的河水一度黑臭，因为它是村庄的道头、沃中、沃尾片区的生活污水排水沟，污水与上游溪流合并流入下洞江。经过8年多次整治建设，才有了今天的水清岸绿，惬意漫步。

这些设施的建设，华侨是功臣。据统计，多年以来，他们共捐资1680多万元，建设了20多项公益事业。注入家乡的点点滴滴，是他们爱乡思亲的心意。

对老人来说，生活设施固然重要，嘘寒问暖的关怀同样不能缺少。村里想方设法替侨胞扮演起儿女的角色，给予老人周到的服务，让他们生活得更好。2021年9月在疫情防控期间，洋屿村与辰宜数字产业研究院无创心电（福建）大数据中心有限公司合作，为70岁以上老人提供了160台智能血压计，让村民居家使用无线智能血压监测仪测量血压，血压数据通过物联网传送到健康管理平台，平台可以监测到老人的血压状况，当发现血压波动异常时，立即让村工作人员或村医入户，了解情况，进行健康指导。每年春节期间，村里都会开展大规模文体联欢，进行篮球、乒乓球、拔河、门球等比赛，还有快板、秧歌、闽剧清唱、太极拳等表演，参与人数多达几百人，观众达1500多人。从2004年开办以来，这项传统活动已开展了快20年，后来还成立了中老年人喜爱的广场舞队，多次参加市里的文化节活动。

"侨资强村、文明亮村"，洋屿村被评为全国文明村、全国敬老模范村等。如此宜居的家乡，让很多旅居国外的人回来了，许多在美国工作生活了几十年的华侨放弃外籍，落叶归根，返乡安度晚年。

与洋屿村沉稳、温馨的气质不同，长安村清幽，又很炫潮，正在成为年轻人打卡的"网红打卡地"，尽管它实质上也是一座"老人村"。

长安村位于浮峰山麓，三面环山，人口约1200多人，现旅居美国等地的约有千人。村庄原名"长弯村"，唐代镇守此地的开国名将李靖曾孙李萌因思念国都长安而改名得来。

一条洞江如玉带环绕全村，幽静婉约，神韵天成。江上是千年白石桥，走过去就是明代状元道，古代赶考的学子们曾来去匆匆。在他们中间，就有一位日后的宰相。

"宠宰宿寒家穷窗寂寞，客官寓富室宦宅宽宏"，是村中大齐书院的对联。据村中族谱记载，明朝万历内阁首府叶向高进京赶考落榜后途经此处，留下复读进修，后高中。这副对联的由来，传说是叶向高路过福州府，看望新科状元翁正春。翁正春想让叶向高留宿，两人可以进一步切磋诗文，便指着他家的房子笑着说了一联：宠宰宿寒家，穷窗寂寞。叶向高一听此联，就明白翁正春在自谦地邀请他留下，而且用字很巧妙，全是宝盖头。他思索片刻，便对：客官寓富室，宦宅宽宏。字也全是宝盖头，而且对仗工整，表达了自己愿意留下，且不失礼仪地夸赞了主人。如此才思敏捷，让翁正春拍案叫绝。

洋屿村乡村美景（姜亮 摄）

今天的白石桥一带已经换颜，如果叶向高旧地重游，定然会大吃一惊。

这里有占地50多亩的"幸福田园"，葡萄、杨桃、茂谷柑、莲雾、水蜜桃、樱桃、黄金百香果等2000多株，栈道在高处延伸，令人如步行于树木之巅。这片农业采摘园四季挂果，生机盎然。树葡萄学名嘉宝果，原产于南美洲的巴西、玻利维亚、巴拉圭和阿根廷东部地区，一般幼苗需要生长5到10年才会慢慢结出果实，长大成熟后一年可结3到4次果。长安村的4月至11月，树葡萄三次开花又结果，果实好像一粒粒闪亮光洁的黑色珍珠，很是诱人。它是特种水果，可以制作成果汁、果酱、果酒等营养保健品，具有较高的经济效益。这种水果极易发酵，采下一两个小时后味道就会变，边摘边吃口感最好，非常适合休闲采摘活动。到了旺季，游客如织。

"长安不夜城"也在这片地方，高高的摩天轮下，华灯初上，河岸响起音乐，咖啡吧里点一杯小酒听首歌谣；或是在露天搭起帐篷，三五好友聚在一起，吃一吃八宝冰饭；或是吹着晚风，散步于石桥栈道；或是就到河中荡起船儿，感受桨声灯影的妩媚……

很多人可能想不到，晚上在这里开船、在露营地忙碌的人，很多是村干部，他们白天忙于村务，晚上变身"服务员"，而且是义务的。2021年6月，在长安村党支部统一规划和安排实施下，村里创办了"唐安农业发展有限公司"，由村党支部书记担任法人代表，形成了"村党支部+村企+村民"的运作模式。同时鼓励和引导村民创业就业，并与村民签订协议，提供运营或管理等就业岗位，真正实现了村集体、村民增收"双赢"。长安游乐园和幸福田园特色果树采摘园，就是目前他们的"公司产品"。

村干部笑着说："村书记给我们画了一个大饼，如果这些项目盈利了，我们会分红，就会有钱了。我们原本就是村里人，住在村子里，也喜欢晚上过来看一看，帮帮忙，与游客讲讲话，进行产品宣传，总比在家打麻将好！"

漫步长安村，村道两侧的小洋房错落有致，街巷干净整洁。一对老年夫妇在路上踽踽慢行，村干部和他们打招呼。他们刚刚在食堂吃完饭，正出来散步。

这个村子正在慢慢地成为旅游景点，花团锦簇，长安村的底色还是宁静的，因为它是留守老人的家园。如同其他的侨村，村里有一项重要任务，就是为老人服务，让"长者无忧"。

2014年，长安村投入60万元对原来的敬老院进行翻修，建成500平方米的老年活动服务中心——幸福院，免费为老人提供午餐、晚餐，并安排午休，提供基本的养老服务；2018年又给幸福院修建了医用电梯、保健室、理发室等，固定每周二为老人开展理发服务；2021年，长安村将原有的餐厅打造成"长者食堂"，为48名老人提供免费的三餐服务，为其中10名行动不便的老人提供免费送餐上门服务。我到访的时候老人在吃晚饭，他们为这么多年来的食堂服务竖起了大拇指。

村干部告诉我，别看这只是一天两三顿饭，对老人来说很重要，除了不用做饭之外，他们还可以在这里边吃边聊天，很多老人与子女说不上多少话，但是在这里和老伙计一起能得到很多理解与安慰。另外，如果有老人没有按时来吃饭，食堂人员也能很快知道，就会去了解出什么事情了，这也是一种安全保障。

只有老人安妥了，在国外的儿女才能将悬着的心放下来。幸福院为每位老人制定健康管理档案，每月会安排医护人员为老人提供基础体检服务，每季度邀请医疗团队开展义诊活动。他们结合基础体检、义诊等服务实时跟进老人的健康状况，做到有异常及时通知家属，配合家属为老人安排就诊。2015年，长安村还与村卫生所联合成立了长乐区首家村级医养中心——长安村医养中心，对60岁以上老人进行就医补助，目前共补助1500多人次，累计金额32万余元。每逢传统节日，长安村还组织党员干部、巾帼志愿者为老人包汤圆、包饺子、送节日祝福、举办文娱活动；开设"长者学堂"，由社工每周开展长者识字课程、养老养生健康知识以及智能手机使用技能等讲座。2022年长安村村财收入突破125万元，固定20%的支出用于幸福院的运营开支。

  三角梅、紫罗兰的花朵从墙角探出，在阳光下是那样鲜艳。此时，洋屿村、长安村，还有长乐其他很多村子，老人们正在与国外打电话在异国的儿女们，收到故乡来电，说："放心吧，我们都好！"

铺陈在乡村大地上的幸福画卷

● 郑艳玉

说起乡村，你会想到什么画面？

除了迁客骚人笔下田园牧歌的情调外，大多时候，它更像一个落后的代名词，总让人联想到穷乡僻壤那脏乱不堪的场景、木讷呆滞的表情以及沉疴痼疾般的陋习，导致某些城里人每每提及就一脸的鄙夷，他们所勾勒的，应该是许多年前老旧的乡村面貌，潜意识中贴上清贫、粗野的标签。

在长乐区，所有的村庄都已经活出了自己的章法，它们迎着乡村振兴的铿锵节奏，精气神十足地开始了一场场脱胎换骨的嬗变。如今的村庄是有灵魂的，在大刀阔斧的治理下，既保留了扎根乡土的淳朴亲切感，也赋予了睿智文明、踔厉奋发的时代精神。它留住乡愁，更熨帖人心，唱响了新时代乡村幸福曲。

这样的村庄，既可安身，又能安神，是心灵的栖息之所。就如老舍所说的："看不出怎样的富庶，也没有多少很体面的建筑，但是在晴朗的阳光下，大家从从容容做着事情，使人感到安全静美"。如果说罗联乡的吴村村是诗与远方的风景；漳港街道的百户村分明是文明和智慧的化身；而松下镇的首祉村铸就了爱拼才会赢的传奇。正是这一个个乡村，擘画出岁月最美的图景，在长乐发展史上留下了浓墨重彩的一页。

吴村村是许多人眼中的诗与远方，一句"我在吴村等你"，多少深情孕育其中。

吴村村四面环山，辖蕉岭和吴村两个自然村，为罗联乡政府所在地，由于距离长乐老城区较远，经济相对落后，向来被冠以"山沟沟"的称谓。随着营融线、营滨路、福州东绕城高速公路的穿境而过，交通变得便捷，近些年得益于行之有效的乡村治理，吴村面貌焕然一新，2019年从默默无闻的小村庄一跃晋级为省级乡村振兴试点村，2023年顺利入选第三批高级版"绿盈乡村"名单，成为名副其实的网红打卡地。

这一个文化底蕴深厚的村庄，分明就是一坛陈年青红佳酿，一旦启封，醺人的芳香是如此变得让人心醉神迷。

蕉岭地处长乐、福清、闽侯三县交界之要冲，旧时是莆田泉州上省城的必由之地，商贾逐渐汇集，就有了一条店铺林立的古街。清光绪二十三年（1897）三县共同在此设立保甲局，维持治安保境安民。岁月沧桑，随着声名赫赫的保甲局的裁撤，蕉岭古街也黯然衰落。百年后盛世的今天，在人居环境的改造中，乡民们秉持"修旧如旧"的理念，对古街进行复古修缮和环境整治。一条白墙黛瓦巷道萦迂而入，路面干净整齐，两边古厝错落有致。徜徉其间，依稀听到渐行渐远的历史跫音，昔日古街的喧嚣和熙攘似乎又在眼前浮现。在整体领略村庄风貌本色的同时，还有一种如同穿越时光隧道后意犹未尽的恍惚感。如今的蕉岭古街，有着历经世事后的宁静、淡远和从容。

在蕉岭入口处，一座革命烈士纪念亭气势恢宏，镌刻其上的"陈振先、陈亨光、陈清俤烈士永垂不朽"这一列的鲜红大字，格外引人注目，令人肃然起敬。纪念亭对面是主题鲜明的党建公园。这里本是杂草丛生的荒地，建设者别出心裁地将红色元素融入村庄的景观设计，寓爱国主义教育于休闲观光之中，让群众能够在此憩息游玩的同时潜移默化地接受党史学习教育的熏陶，感悟烽火连天斗争岁月的艰辛和今天幸福生活的不易。难怪游人刚踏上这片土地，就惊呼连灵魂都沐浴上了神圣的光辉。

吴村的文化，曾经如散落的遗珠，被郑重拾起后串联、整理好再奉出，这个村庄就有了别样的韵味。乡村振兴任重道远，宜居宜业是镂在吴村村骨子里的坚定信念。吴村通过引留人才，鼓励返乡创业等手段，以乡愁文化带动乡村旅游业发展，不仅为村民创造新的就业机会，也增加了村财收入。由当地企业家出资修建的"牛仔山庄"占地五十亩，集种植采摘、农家食宿等一体的农庄早已声名远扬。2020年底文艺大叔老吴返乡投身吴村建设，将新吴里的老宅改造成初具规模的"世外桃源"，他的创意得到了当地政府的大力支持，并出资完善周边的公共配套设施，提升了吴村整体的村居环境。青年小陈也鼓励待业的妻子将自家院子打造成旅游咨询服务点"乡村驿站"，一并开设儿童手绘体验馆，点亮乡村孩子多彩的梦想。同时他还积极打造罗联特产名片，帮助农户拓宽销路渠道，助力共同富裕，释放吴村发展的内在潜力。

最让人流连的，是新吴里乡愁文化区，它是吴村人居环境综合整治的示范区，总面积约8000平方米，充满了浓浓的怀旧气息。村里的巾帼志愿队巧手创意"姐妹乡伴 手绘一条街"扮靓了巷子，两侧文化墙以图文并茂的方式展示了吴村的特色文化以及翻天覆地的变化，彰显出这个村的独特魅力，也创造了属于村庄的爱和温度。沿途屋前院后要么是生机盎然的草绿花香，要么是规划整齐的菜地，尽显诗情画意。人在村中走，宛若画中游。清新雅致的小花园、朴拙抱素的陶艺墙，乃至旧木条拼装的简易装饰，无不散发着独具的情调。这里完全没有都市的嘈杂和喧腾，时光似乎慢了下来。瓦檐爬满青苔的老屋经过精心规整，依然倔强地伫立于古老光阴里，像挺直背脊、认真且知足地生活着的老者。许多废弃不用的物件如旧轮胎、土瓦罐以及筛谷机、自行车等，都各得其所点缀在角落里，简约复古，像散落的旧文字，值得你默默地去研读，去追忆。在这里发呆、冥想，享受当下闲暇时光，这不仅仅是一次诗与远方的邂逅，也是心与心的契合和邀约。

心系乡土，大力实施乡村振兴战略，吴村村始终围绕"生态、休闲、旅游、健康"的发展定位，不断提升群众获得感、幸福感、安全感。2019年开始全村共计投入两百多万元的资金，对村域内的房前屋后、河道沟渠、残垣断壁、"蜘蛛网"杆线等农村人居环境进行集中整治，将二十多个脏、乱、差的地方改造成微景观、微公园和休闲空间，同时推进裸房整治，绘就特色乡村图景，让三十多处裸房穿上了"新衣"。2020年村里投入资金180万元对吴村中心公园进行了扩大改建，提升了夜景灯光工程。如今随着沿溪梦幻步道的建设，曾经寻常的中心公园而今清秀脱俗得像一幅抒情的画卷。

吴村发展生福客栈等主题民宿，发动巾帼志愿者打造34户"美丽庭院"，其中4户获评省级称号。在干部群众的齐心协力下，整个村庄的面貌焕然一新。目前区域内有陶艺馆、图书馆、音乐餐吧和小酒吧以及小型的游客服务中心等。2022年10月，吴村村与福州外语外贸学院达成乡村振兴共建意向，在新吴里打造吴村传统文化展馆乡创工作室。这些举措犹如新鲜的血液，汩汩地渗透进古老的村庄胸膛。2022年，乡村旅游为吴村村创收了三十万元的村财收益，奏响了乡村融合发展的激越序曲。

　　走在吴村，怡然自得，田园牧歌，诗和远方就在这里，令人不得不赞叹新时代的变迁，讴歌长乐的奋进力量。心中有光，所以努力发光。实干笃定，所有的一鸣惊人其实都是厚积薄发。近年来，长乐区持续发挥数字中国建设峰会效应，聚焦大数据，释放经济活力，它踏着坚毅的步伐，行稳致远，从城市到乡村都在不断地拔节成长。小村庄也能蕴藏大智慧，在希望的沃土安装智慧的翅膀更是扶摇直上。漳港街道百户村，这个曾经名不见经传的小村庄，如今越来越有名气了。作为首批全国农村幸福社区建设示范单位、全国社区治理示范村、全国文明村、福建省乡村振兴示范村、省级乡村治理示范村、福州市级民主法治村、区级先进村便民服务代办点等，百户村一系列的荣耀令人瞠目结舌。种种光环下，同样折射出百户村独树一帜的社会治理模式。

　　百户村地处滨海新城核心区，坐拥天然丰富的海港资源，福州国际机场高速公路和峡漳线、两港线贯穿全境，交通便利，是明代著名的理学家、数学家、珠算发明大师柯尚迁的故里，人文底蕴深厚。2020年3月，百户村结合本村实际，积极推动"智慧百户"建设，打造"数字场景应用第一村"，汇聚乡村服务、乡村治理、生态宜居三大板块数据，利用5G+云大物智等信息化技术，将互联网技术与基层党建工作与乡村发展相融合，形成一张以民为本、为民造福的数字网络，建立智慧路灯、智能井盖、智慧停车、垃圾检测、智慧消防等一体化的智能化系统，不仅能识别陌生人和外来车辆，还能利用北斗定位系统对渔船的位置、实时天气、生态环境指标等实现动态监测，切实发挥信息化在推进乡村治理体系和治理能力现代化中的基础支撑作用。此外，通过健康服务管理和智能手环，实现对村里高龄老人的健康监测，有预警和紧急联系功能，在突发情况下及时寻求救助，极大地方便了群众。

用智慧唤醒乡村的灵性，用创新谱写生活的美好。百户村别具一格使用微信公众号服务村民，结合民情直通车、乡村基层党建管理平台、矛盾纠纷多元化解平台、社工服务管理系统，实现党务、政务、财务、事务等网络公开化，既能方便群众实时了解村务公开信息，带动他们积极地参与乡村治理与服务中，又能实现乡村精细化管理。毫不夸张地说，智慧生活已经渗透到百户村日常生活的每一个细节，便捷、高效、智能化，真正让百户村民受益。

一个村庄的美，需内外兼修，实现外在美与内涵美的统一。近年来，百户村统筹利用村民捐款、集资、政府投入以及社会资金等，建设了尚迁公园和尚迁纪念馆，让文脉得到了赓续。为改善人居环境，百户村成立了"家园清洁"环境卫生保洁机制，实行垃圾分装集中转运、污水集中处理，推进环境卫生综合整治行动往深往实里走。同时修缮村礼堂、建设篮球场，对尚迁公园周边环境和前塘路、新月路等多条道路进行提升改造，村民的幸福指数日益提升。村集体为了增加收入，采用集中摸排后将闲置资源提升改造，再公开招标招租等方式，创收了13万元资金。如今的百户村道路整洁，环境优美，设施齐全，激发村民对美好生活的追求和向往。

文明，是长乐区的内在气质，也是百户村的精神财富。大力弘扬社会主义核心价值观，将文明新风吹入人心。自开展移风易俗以来，村里数位企业家简办婚丧喜庆，捐资家乡慈善事业达百余万元。同时整合各类社会资源，积极打造优秀志愿服务项目品牌。2020年8月，百户村新时代文明实践站联合天朗社会工作服务中心志愿者将1.3亩闲置的空地改造为公益"乐菜园"，通过义卖、赠送乐菜园蔬菜等形式，定期帮扶困境人群和弱势群体。社工们还组织成立了"孺子牛·尚迁学堂""牡丹红舞蹈社""幸福夕阳合唱团"等，组织引导困难儿童、留守妇女和老人参与集体文化活动和社会志愿活动，在传统文化的润泽下，崇德向善成为共识，公序良俗蔚然成风。2021年5月起，爱心人士集资六百多万成立教育基金会，嘉奖优秀学子助力成长，为教育事业添砖加瓦。百户村不断地涌现着感人暖心的故事，正是这些扎根的力量托起善举，传递着长乐文明的新风尚。

不驰于空想，不骛于虚声。既要快马加鞭撸起袖子加油干，又须蹄疾步稳一张蓝图绘到底。开拓进取、有着海洋般宽广胸怀的长乐母亲凭借志存高远的抱负同样在松下镇首祉村书写民生幸福的新画卷，锻造出能拼会赢的传奇篇章。

御国山下的松下镇首祉村，世代耕田牧海，也是长乐革命老区村之一。近年来，首祉村在持续改善人居环境的同时，着力推动企业高质量发展，从原来贫穷落后的小渔村一步步蜕变为生态宜居、生活宽裕的美丽乡村。

悠悠万事，民生为大。曾几何时，首祉街总是给人一种"脏、乱、差"且交通拥堵的印象。由于临时农贸市场设在附近，乱搭乱建、违章停车等问题层出不穷，为改变这一状况，首祉村开展顽瘴痼疾攻坚行动，永不言弃的诚意和脚踏实地的作风感动了群众，街面整改得以顺利推进，做到违规广告牌一律拆除，统一规范门头店招，严禁跨门经营、占道堆物等现象，同时督促履行门责到位，保证干净、有序。改造后的街道更加整洁、美观。而新农贸市场正紧锣密鼓筹备选址规划中，这一举措将彻底解决街面拥堵和卫生问题，有效改善周边环境。

完善基础设施配套，提升村民幸福指数，首祉村走出一条生态和经济相依相辅、人与自然和谐共生之路。曾被当地村民诟病的首航路，原先黑灯瞎火，存在安全隐患。镇、村两级领导倾听民意后着手部署进行规划改造，不仅安上了路灯拓宽了道路，还注入时尚元素和文化元素，塑造了富有特色的微景观小花园，扮靓了道路。每到傍晚，首航路灯火通明，也敞亮了百姓的心田，首祉村还新建了文化广场、多功能球场等活动场所，村民们的满意度和幸福感一览无余。

爱拼才会赢，首祉村早已不再满足于一亩三分地的平庸，它意气风发，不断地挖掘自身潜能，在扶持本地四十多家民营花边企业的同时，大力引进各类重点企业，壮大村集体经济，为村民提供了大量的就业岗位，真正解决了家门口就业挣钱的问题。目前首祉村有大东海钢铁、福州松下码头、元成豆业、雪人制冷、和盛塑业、华冠纺织等十多家龙头企业，并形成以中储粮、省粮、福州面粉厂、长乐粮库等为代表的重点粮食仓储物流基地，为乡村经济插上腾飞的翅膀。2022年，首祉村入选福州市级乡村振兴示范点，它步伐铿锵勇往直前，胸腔有着燃烧的火焰和不惧披荆斩棘的信念。

"为什么我的眼中饱含泪水，因为我对这片土地爱得深沉。"

一路走来，砥砺前行，有沧桑，也有荣光。所有生机盎然的意象，都是厚积累实的沉淀。枕山襟水，在时光的画卷上记录绿水青山的乡村蜕变；勇立潮头，于历史的苍穹下书写魅力长乐的鸿篇巨制。长乐这座大爱开明的城市一次次沐光向暖，矢志不移，用千年的神韵在广袤的乡村大地上奏响时代最强音。

这是一片热土

● 土 芬

　　幸福是写在脸上的，要想了解一片土地、一个村庄的民风民情，就要逛一逛街头巷尾，走一走村里的田间地头。走在长乐的乡村里，我感受到一份快乐、一份踏实、一份蓬勃，春风化雨润心田，安居乐业喜洋洋。

一

　　在车水马龙的繁华中，同行的文杰说，西关村到了。哦，这是村庄吗？和我想象中不一样。早些年，西关村是位于城乡接合部的一个小村庄，但随着城市化建设的推进，西关村已经融入为城市的一部分。这里高楼大厦林立，服装店、理发店、美容店、餐饮店、小吃店、民宿等一应俱全。西关村村民的住房也是统一规划的，是布局合理的复式住宅，房前屋后种植了各种绿植花草，小区里还安装有各种健身器材方便村民锻炼身体。篮球场里有几个朝气蓬勃的年轻人正热火朝天地打篮球，小花园里几位头发花白的老人家坐在木椅上闲聊着家常，眼之所见都显得那么和谐与安详。

村支书陈克佑自豪地给我们介绍起西关村来：西关村位于长乐区西北部，全村总面积1747.4亩，13个村民小组，户籍人口2042人，712户，党员60名，村财政收入700多万元。历年来西关村乘着改革开放的强劲东风，凭着全体村民的智慧和力量，充分发挥城郊优势，抓住市区建设延伸扩展的机遇，紧紧围绕"产业兴旺，生态宜居，乡风文明，治理有效，生活富裕"的总体要求跨越发展，经济、社会各项事业取得稳步发展，村民福利不断提高。

　　目前村集体共有商场店面100多间，建筑面积1.6万平方米，年租金收入达600多万元。村民的福利每年都有提高。本村村民的医保、社保均由村出资缴纳；给予60岁以上老人每月200元生活补助，80以上300元，90岁以上500元，还有春节慰问金、老年节活动补助，这项费用年支出近200万元。目前村里60岁村民每月至少可领715元，80岁以上每月可领915元，90岁以上每月1115元。对二女扎户和独生子女夫妇每月每人发放100元的生活补贴费，其子女入幼儿园到初中毕业的学杂费全可报销，对村民子女考入大学的给予3000元不等的奖励。看着这些实实在在的数字，真为西关村民感到高兴。

　　走出村委会，我们来到党群活动室，这里展示着西关村这些年所获的荣誉，党史党建工作、村里古迹文旅介绍等。这里定期举办读书会，读文学读历史读党建读经济学，不仅扩展村民的眼界，也凝聚村民的人心。

　　在西关村的村子中间有一条弯弯的小河贯穿西东，静静的河水幽幽地流淌，站在河上的石桥上看两旁的风景，让人心生愉悦，河道两边绿树成荫是鸟儿栖息的天堂。古色古香的灯饰沿着河岸逐一排开，不管是白天坐在椅子上享受阳光和微风，还是晚上坐在河边欣赏夜景，都让人怦然心动。走在村子里随处可见的墙绘巧妙地利用周边

新览村（赵马峰 摄）

的景、物将彩绘融入进去，达到内容与色彩的融合统一，一幅幅生动的墙绘，画龙点睛一般提升着村子的美感，提升起村子整体的居住品质。行走在村内，不经意间就能与它们不期而遇，来一场美好的视觉享受。

夜幕降临，华灯初上，陈书记带我们逛了村里的夜市经济集聚区。大排档人声鼎沸，烧烤摊红红火火、香味扑鼻，地摊铺陈排开的发饰、首饰有人前来淘宝……这个敞篷式市场共有60个夜间摊位，是西关村陆续开发剩余地块进行地面硬化建设而成，地下铺设排气管道和净化池以及地下污水排放管道，既改善了村里的排水系统，又为村集体、村民增加了收入。自2020年起，西关村结合辖区实际，以满足市场需求为目标，设立西关产业发展有限公司，主要发展第三产业，陆续利用西关街闲置地块筹建集贸市场，租赁或照顾村民做生意形成了良好的经济氛围。村民的人均收入有一定幅度提高，村财收入也年年递增。

　　细水长流成河，粒米积蓄成箩。脚踏实地想民所想实现乡村振兴，城乡融合共建美好生活万事可期。

二

　　鹤上镇新览村是我们来到的第二个村庄。花园式的村庄绿树成荫、群芳争妍，美不胜收。公园般美丽的村庄里，流淌着一条清澈见底的小溪。文杰说，这是龙溪。溪岸上一头巨型金色飞龙雕塑，喷出白色珠帘水柱，仿佛象征着新览村乡村建设持续发展、创新转型、财源不断。

　　新览村拥有得天独厚的丰富绿色自然资源，地处鹤山腹地、西距鹤岭、东傍鹤溪、后背群山环绕、层峦叠翠。鹤山山高林密、泉流无数，龙潭晓瀑群风景区就位于新览村北面鹤山南麓，秀美幽静，集瀑布、溪流、水潭于一体，自古被誉为吴航十二景之首。龙潭晓瀑自悬崖峭壁、巨壑纵横的峡顶倾泻而下，形成了三叠泉瀑布尤为壮观。在通往景区的路上还建有龙潭晓瀑高大石坊、具有浓厚传统气息的水车和独具风格的观景小拱桥、望景亭等。新览村还有古建筑招贤桥、义姑祠、光严寺、玉溪陈氏宗祠等旅游资源。

　　美丽的新览村以打造乡村旅游精品示范村为契机，按照"留住乡愁、生态建设、村容整洁"的总体发展思路，坚持政府引导、多方支持、群众参与，科学规划产业布局凸显生态特色，建设宜居宜业宜乐宜游的和美乡村。新览村着力打造以旅游、观光、采摘、研学为主要特色的采摘园。游客在享受自然风光的同时品味农耕文化，乐享田园生活，体验休闲劳作，感知民俗风情，品新鲜美味水果，满足城乡居民走进自然休闲采摘的需要。

　　幸福是奋斗出来的。多年来，鹤上镇新览村秉承"奋斗则村兴，村兴则国强"理念立足村情实际谋发展，拼搏、奋斗、创新。2005年起村里大力种植食用菌，种植面积达2.5万平方米，曾多次获得福州市科普惠农兴村先进单位、福州市农业产业龙头企业等荣誉。村里也因此走出多位成功的企业家，他们走出村庄、走向更广阔的发展平台，投身钢铁业、纺织业、房地产开发、市场管理以及酒店业等。如今他们大力支持并参与新览美丽乡村建设，充分利用各种资源，一起为家乡振兴添砖加瓦，贡献智慧和力量。

　　走进新览村文化创意园，更是令人赏心悦目，一排排粉刷一新、白墙红瓦的高大房子引人注目。这些外表看似简陋的房子，里面却别有洞天：摄影基地、音乐馆、美术馆、文化艺术交流中心。原本这些都是传统蘑菇种植房，因为村产业转型而闲置废弃了，如何实现这些蘑菇房的华丽变身呢？村委会改变思维、务实创新、变废为宝、改建文化创意园筑巢引凤，随着文化和艺术的种子在此落地生根，一间间瓦房注入了"内涵"，焕发出新的生命力。这里不定期举办各种摄影讲座、书画作品展览、开设"雅阁"支持相关的文化交流活动，以文化推动乡村振兴，切实做到用创意点燃乡村，让乡村成为富有诗意的栖居地。

　　"幸福的花儿心中开放，爱情的歌儿随风飘荡，我们的心儿飞向远方，憧憬那美好的革命理想……"歌曲《我们的生活充满阳光》在耳畔响起，唱的仿佛就是眼前村的生活。瞧，游客携家带口正漫步在百草公园，小孩带来鱼食投喂，锦鲤一拥而上，引来几多欢声笑语……午间时分，一旁的招贤里乡厨馆也热闹起来，饭菜香气四溢，让人胃口大开，这里的芋头擀面、龙溪功夫鱼头可谓味道一绝。在文创蘑菇房改造的独具乡村韵味的餐馆用餐，为游客带来了别样的农家乐体验感。

新览村获得福州美丽乡村精品示范村、省级乡村振兴实绩突出村、省级乡村旅游特色村等众多荣誉，村党总支书记陈忠铤说："荣誉是一种鞭策，为政之道是顺民心厚民生，走好群众路线。"是啊，让群众生活富足，使村民安居乐业，新览人与时俱进、抢抓机遇、同心同德、砥砺奋进、不懈努力奋斗，相信新览的明天会更好！

三

接天薯叶无穷碧，长乐番薯别样红。天是那么蓝，海是那么阔，富饶的海岸线沙地上种植的是那欣欣向荣、蓬勃生长的一亩亩、一片片、一畦畦闪耀着希望的番薯。绿色的藤蔓匍匐在地面，茂盛薯叶之下的沙地里藏着个大饱满的甘甜番薯，微风下、浪声里，番薯沐浴着阳光雨露茁壮成长。

文岭镇前董村是我们采访的第三个村庄。这里地多土沃，是一个农作物种植大村，主要种植的是长乐番薯、土豆、萝卜等根茎类作物。村民们勤劳能干、合作经营、开发新品、科学种植、喜获丰收。行走在前董村的田间地头，春燕着一袭黑白礼服上下翻飞，仿佛在列队欢迎我们；一群雄鸡在村道引吭踱步，那是美丽乡村的骄傲姿态；"白毛浮绿水，红掌拨清波"，几只大白鹅悠然自在地在小溪里嬉戏。小洋楼农家厨房里飘出烤番薯诱人的香味，寻香而入，一位母亲奉上甜糯的红薯佳肴，那是美丽乡村的味道。

村支书董自勇带我们来到番薯科技园区，这是前董村富农达农民专业合作社的科研基地，富农达合作社成立于2019年，是长乐区省级示范合作社。合作社与省农科院、农林大等单位合作研发新品种新技术，以现代科学方法种植番薯，种植基地1000多亩，每年生产番薯2000多吨、优质番薯苗8000万株，带动周边100多户农民就业。合作研发种植的优质紫色甘薯新品种"福薯24"具有高产、优质、淀粉率高、适应性强、耐贮藏等优点，曾获得国家甘薯品种擂台赛南方食用组冠军，销售范围辐射福建乃至新疆、甘肃、山东、江西、湖南等地。

合作社带头人39岁的董锋渠脸晒得黝黑，在现场忙前忙后。他说："长乐的番薯生产地是沙地，生长的红薯大小均匀，口感面、甜，受到广大消费者的喜爱。"在现场，董锋渠和种植户展示了使用农业机械进行耕地、栽插作业。以前三人小组每天最多种植六亩地，现在使用农业机械，三人小组一天可种植七八十亩地，大大提高了生产效率。为了增加红薯附加值，该合作社实行统一包装、统一定价、统一销售。为了拓宽销售渠道，合作社还在当地供销社的引导下，成立了长乐番薯种植交流群，建设电子商务网络，参加各种农产品展销会，实现线上、线下融合发展。

走进百薯园更是令人眼花缭乱，里面展示着各种各样的番薯品种"福薯、金薯、榕薯、莆薯、广薯……"有一百八十多种，每一个盆栽都有自己的标签和代码，它们笑意盈盈，"我型我秀"。牵牛花状的叶冠下"薯身"各异，有形似葫芦的、有如蚯蚓卧土的，有像小娃紧挨妈妈怀抱撒娇的……那形象且生动的模样真惹人怜爱。薯制品展示柜上同样琳琅满目，有水晶糖、番薯干、地瓜烧、番薯米、番薯粉等，这些都是走亲访友的礼赠佳品。

"引薯乎遥遥德臻妈祖，救民于饥馑功比神农"，这副刻在福州乌山风景区先薯亭两侧的对联，将长乐人陈振龙等与妈祖、神农并列，纪念陈振龙引种红薯、拯救乡民的功德。明万历二十一年（1593），福州长乐人陈振龙在吕宋岛(今菲律宾）经商，见当地种的朱薯耐种易活，便出资购买薯种学习种植法。考虑家乡时常灾歉，他便密携薯藤避过出境检查，经昼夜航行回到福州，上岸后在沙质土壤优良的土地上种植，大获丰收。从此番薯成为中国粮食作物的一个重要品种。

重农固本，是安民之基、治国之要。党的二十大报告提出发展乡村特色产业，拓宽农民增收致富渠道。农业卓荦、民生丰饶，前董村打响番薯产业品牌，通过延长番薯产业链、丰富番薯价值链，让产业兴起来、人气旺起来、村民富起来，为乡村振兴注入发展新动能，续写长乐番薯的新传奇。

百花齐放、百舸争流，每一个村庄都把美丽书写在这片多彩的热土上。长乐未央，福祚绵长。

乐观其『城』

长安久乐

长乐 CHANGLE

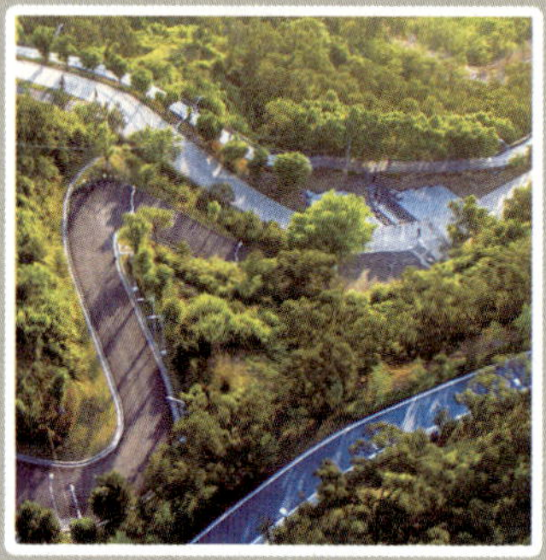

这座城最澎湃的"心跳"

●余少林

如果将城市比作有血有肉的生命体，那么充满活力的新兴产业，就是流淌的血液里最活跃的基因，为长乐这座朝气蓬勃之城带来最澎湃的"心跳"。

曾经走在改革开放前沿的长乐，纺织、钢铁等传统产业如雨后春笋拔节成长，被著名社会学家费孝通形象地称之为"草根工业"。因"草根工业"四个字，长乐在全国名噪一时，它就像草根一般具有旺盛生长，直至长成参天大树，它蕴含着无穷生命力，也烙印着长乐这座城市能拼会赢、敢为人先的精神气质。

时代在变，城市在变，但不变的是精神的传承。东进南下，沿江向海，勇于开拓进取的步伐不断前行，向着数字产业挺进，向着高端制造业进军，如今的长乐，迈出了新兴产业高质量发展的铿锵足音。

耕"云"种"数"，数字之兴

文武砂街道地处长乐的偏僻沿海，曾是一片荒凉的黄沙地，目之所及，萧条肃穆，仅有东湖和一个大鱼塘的涟漪荡漾能带来半点生

滨海数字分会之夜（赵马峰 摄）

机。乘着信息化建设浪潮，这里"颜值"发生了翻天覆地的变化。早在2000年，福建省在全国率先提出建设"数字福建"的战略构想，由此拉开了福建大规模推进信息化建设的大幕。2017年2月13日，随着滨海新城启动建设，东南大数据产业园加速动建，推沙填地，一座座研发楼拔地而起。经过多年建设，一座集生产、生活、生态三"生"合一的东南大数据产业园破壳而出，正乘着国家加快建设"数字中国"的时代风口，扬帆起航。

数字时代，风起云涌。对长乐而言，承载着福建数字经济发展的重任，是一份担当，更是一种机遇。

坐落于东湖畔的东南大数据产业园，东湖碧波如练，海鸟自在地翱翔在头顶，是水天之间翩翩起舞的精灵；帆船游艇尽情驰骋于湖面，为东湖带来别样的生气；待到夜幕降临，璀璨灯火之下，更是有热闹的集市，升起人间最美的烟火。

当你沉醉于东湖的旖旎风光、外在之美之时，你可能会忽略了产业园的"内在之美"。数字早已在这里碰撞出美妙的火花，释放出强劲动力：移动、电信、联通三大电信运营商以及省电子信息集团、市电子信息集团等龙头企业接连落子；建成全省集中度最高、规模最大、标准最高的数据中心，运算速度每秒6000万亿次的福建超算中心、每秒10亿亿次的福建人工智能计算中心强势入驻；中国工业互联网研究院福建省分院、数字中国服务联盟总部落地，省大数据公司正式落户，福建大数据交易所挂牌运营。

福建人工智能计算中心是中国东南地区首个大规模人工智能算力集群，被誉为"超强大脑"。中心内部，看似简单的一个个机柜，却潜藏着巨大能量。工作人员透露，"大脑"的规划算力达到400P。这是个什么概念？相当于200万台高性能PC的算力，基于这个算力，将从根本上降低企业技术成本，提高企业生产效率，帮助中小企业从

"繁杂"走向"精炼",从"粗犷"走向"精益",加速产业集群的形成。这个答案不禁令人感慨于数字所迸发出的无限潜力。

也请你用心留意,东湖畔,一栋栋成排而立的崭新研发楼,是别具一格的存在,楼外,联通(福建)产业互联网公司、博思软件、清华—福州数据技术研究院、华为鲲鹏、贝瑞基因等一批企业名称就镌刻在园区道路两侧的立柱上,透过这些朝着共同未来而聚在一起的企业,你能感受到这里的一派欣欣向荣。

走进联通(福建)产业互联网公司、博思软件等多家企业的研发楼,偌大的办公室内,一排排的电脑前,端坐着年轻白领,所有人高度专注,他们或思索酝酿一个全新的产品,或绞尽脑汁在攻克某个关键的技术,以至于哪怕有外来人参观,他们自始至终也没转动一下头,足见凌乱的脚步声并不会影响他们的思绪。

有朝气、有活力是产业园给人的初步印象。与企业的负责人深入交流,更能懂得一个企业愿意扎根在此的原因,那便是长乐区在产业发展领域的"求贤若渴"。从滨海新城启动之初,长乐区便以优良的服务,广开招商之路,配备专门的工作人员对接、提供免费的办公场所,这些都深深地打动了客商。

作为"开拓者",联通(福建)产业互联网公司庄光明见证了公司在长乐的一步步发展壮大。2018年5月,中国联通福建省分公司抽调20名骨干入驻中国东南大数据产业园,推动联通(福建)产业互联网公司成立。公司积极融入福建数字经济建设,初步构建产品研发、集成支撑等创新服务能力。2022年,中国联通批复成立中国联通(福建)工业互联网研究院,在长乐建成中国联通智云数据中心,创新能力再上新台阶,业务一路高歌猛进,产值突破24亿元。从最初的20名骨干入驻,到如今的近400人,从最初的一间办公室,到一栋办公楼。入驻至今，公司累计获得软件著作权63项、专利5项；荣获国家级"高新技术企业"，连续两年（2021-2022）入选福建数字经济领域"未来独角兽"创新企业，2022年3月入选国务院国资委"科改示范企业"名单的企业，获评"国家高新技术企业"、软件业"龙头企业""2020福建战略性新兴产业企业100强"等多项荣誉。创新的脚步永无止境，在工业互联网、云计算、大数据、物联网和人工智能等方面展开研究，年轻团队仍在笃行不怠、勇毅前行。

入驻研发楼的博思软件，与中国联通东南研究院有着同样的定位—深耕数字领域。在与企业的负责人闲聊中得知，博思旗下拥有15家全资子公司和18家控股子公司，员工逾4000人，其中70%以上为研发技术人员，在全国（除港澳台外）的所有省级行政区均设有分支机构，为全国超过30万家行政事业单位和广大企业、公众提供便捷、高效的互联网服务。博思积极探索大数据、云计算、区块链、人工智能等前沿科技，以数字化赋能产业助推产业转型升级，成为全国数字经济产业的领先企业。在滨海新城建设的项目建包括人工智能产业研究中心、运营中心、人工智能产业孵化中心、培训交流中心、人才公寓与员工宿舍以及生活配套服务中心，预计入驻员工总数为3500至5000人。

惊讶于这样一家实力雄厚的企业缘何落地长乐？企业相关负责人坦言，一方面看中了这里发展数字产业，符合公司定位，另一方面是当地政府在土地政策、证件代办等创造良好的营商环境。

腾云驾雾，数字经济新业态蓬勃发展，长乐成为数字经济的创新高地与聚合之地，为福州乃至福建经济注入新活力因子。

创新突破　制造之兴

在这片热土之上，充满后劲的不只有大数据企业，还有扎根落地的高端制造业，呈现出多元发展的新格局。

"园区内原来是林立的纺织厂，没想到现在许多高端企业也在这建起工厂。"在福州（长乐）国际航空城，当地干部聊起产业的壮大，感慨万千。简单一句话，却撩人胃口，让人很想马上对这些大有来头的企业一睹为快。

果然没有令人失望，走进骏鹏智能制造公司，映入眼帘的是繁忙有序的生产画面。车间外，货车一字排开，工人和铲车密切配合，将一箱箱产品装上车，满载了货物的货车，一辆接一辆地"鱼贯"驶出工厂；车间内，智能化的机械设备自动运转，一气呵成的流水线作业，带来的是震撼人心的场景，只见机械手快速地将一块块钣金薄板夹起、翻转、折弯，几秒钟时间，一个产品便新鲜"出炉"。

从忙碌火热的生产，多少能窥探出一家企业的实力。骏鹏智能制造是中国动力电池新能源产业配套产品龙头企业宁德时代的供应商。公司的负责人说，他们不仅引入德国最先进技术，而且根据生产需求，自主研发出的新设备，全部实现了智能化。智能化赋能，生产精准度百分之百，激光焊接、冲压、折弯技术各个生产环节零失误。

创新驱动，赋能生产，即使是受疫情影响，骏鹏智能制造的产值和销售额也实现了增长。不得不佩服长乐干部的魄力和眼光，他们多次上门拜访，以诚意感动企业。2018年，企业落户福州（长乐）国际航空城，长乐区委区政府更是以极大的魄力推动项目建设，使得企业从拿地到建成投产，仅仅用了1年时间。

爱出者爱返，福往者福来。已成为钣金行业全国前三、福建龙头

滨海数字分会之夜（赵马峰　摄）

企业的骏鹏智造正用自己的行动助力长乐经济发展提速增效。

与骏鹏智能制造一样，福米产业园同样在福州（长乐）国际航空城的茁壮成长。2022年9月27日，全球单体最大的8K超高清宽幅2.6米偏光片生产线—位于园区的恒美偏光片智造工厂投产。这个消息一出，马上成为媒体竞相追逐的焦点。

消息为何如此重磅？偏光片是显示面板的重要原材料，结构复杂、生产工艺流程多，被誉为光学行业的"芯片"。由于国外厂商进入显示市场较早，积累了较完整的专利链条，并形成相当大的产业规模，因此我国相关行业长期依赖国外。恒美偏光片智造工厂投产，意味着改变了国外对相关行业"卡脖子"的局面，实现了"中国制造"。

福米产业园致力于建设万人显示小镇，打造千亿产业集群，把握产业链协同特点，谋划生成恒美偏光片、福米科技贴合、福米科技模组三大项目。三大项目全部投产将使产业园拥有全球单体规模最大的偏光片生产基地、全球首个和偏光片企业配套的模组厂和全球首个从材料到终端的显示产业基地，将成为国内产业链最完备、产业要素最集中的光电产业基地。

这样一家企业愿意投奔长乐的怀抱，源自长乐的敢为人先、勇立潮头，创造了一套产业招商模式，在全国首屈一指。福米产业园的负责人林海峰坦言，福米由当地政府、国企、企业三方合作，共同控股、联合招商，"三驾马车"分工协作，齐驱并进。从规划到招商，再到拿地建设，由政府部门和国企负责，项目全过程代建代办。企业则可以心无旁骛的负责发展、科研、投产。三方合作的模式，确保项目施工进度与质量，还大大增强了企业信心。

随着一个个项目陆续落地生根、开花结果，形成了完善的配套产业链和完整的产业园区，年产值将达1000亿元以上，实现了产业聚能。项目也加速了长乐的产城融合，包含相关周边配套产业可达万人规模，为当地带来人气，促进就业创业。

在长乐区，乘着福州长乐国际机场的"双翼"，骏鹏智能制造、福米产业园、博那德钢构等一大批高端制造企业，正展翅翱翔腾飞。

从传统纺织、钢铁产业，到数字产业、高端制造业，长乐的产业兴旺蓬勃，朝着多元的方向迈进。这样的卓越成效，来自长乐一颗海纳百川、兼容并蓄的大心脏，一种锐意进取、敢闯敢拼的精气神，注定会为这座城注入最强有力、最澎湃的"心跳"。

乐观其「城」

长乐
CHANGLE

"织"此花开，"钢"好遇见

● 黄鹤权

长乐北迎福建母亲河闽江，东濒台湾海峡，古称吴航，历来是无数人心中的诗和远方，其建城历史可以追溯到1400年前，以董奉、百丈怀海禅师、陈振龙、郑振铎、冰心为首的恢宏史话可以洋洋洒洒罗列好大一箩筐，可谓钟灵毓秀，人杰地灵。

但在现今社会，它的知名度是伴着"一黑一白"产业的崛起而逐步展现在广大世人面前。"一黑一白"产业即钢铁和纺织业。"无棉之乡筑千亿纺织之城，无矿之地铸千亿钢铁之城"这句传唱至今的顺口溜形容的就是它们。它们像还处在青春期的姑娘，脸上有时会冒痘，正开成"一个具象的花"，变成一个值得信赖的伙伴，为长乐勾勒出水墨的轮廓。

多年来，二者有不同的投资路径，其中纺织业的线路主要铺轨在长乐当地，而钢铁则从长乐输出资本，在全国各地以宗亲血缘为纽带，落地生根。但殊途同归的是财富神话正在两个产业遍地开花，早已刻进长乐的DNA中。这并不稀奇，在某种程度上，这一张一弛的组合近乎等同于长乐，代表了一个鲜活的、变化着的、硬核的长乐草根文明。

走出长乐，敢闯敢拼

清晨起来，沿着洞江湖而行，湖面水平如镜、旖旎多情，偶尔能望见几只白鸥浅触湖面飞过，留住涟漪荡漾。此刻春日暖意渐浓，河水愈发青绿。我和二三友人，谈起长乐近年来沉潜内修的发展，我们一致认为可谓是破竹之势，一路开挂。

2022年，长乐"招""落""投"掷地有声，实现了全国综合实力百强区、中国工业百强区、全省城市发展"十优"区等排位的历史性跃升，正向高质量发展城市阔步前行。从工业的表现看，能看出不一样的天地，许多工业经济指标显示长乐的工业发展在省内均拔得头筹。2022年，全区GDP突破1200亿元，规上工业总产值突破3600亿元，位列全省第二、全市第一。

其中，钢铁在长乐产业版图中占有举足轻重的地位，堪称中流砥柱。在时间的孕育下，长乐籍钢企甚至在全国钢企江湖中也稳坐江山。提起钢铁，长乐人的江湖地位无人可撼。一个被外界广泛引用的数据是，在2020年民营企业制造业500强中，冶金企业有91家，其中长乐就占14家，占比15%。除了上述14家以外，还有不少更小规模的钢铁企业遍布大江南北。其中，以江苏、山东、河北、山西、云南、广西等省区为多。

很少有人知道，现行民营钢铁行业中每十家钢铁厂，就有6位长乐人参股。据不完全统计，长乐人在全国各地投资的钢铁厂多达500多家，巅峰时期总产能达到1.5亿吨到2亿吨，足以跟中国第一产钢大省河北扳上一局手腕。这些统计还不包括长乐人投资钢铁辅助行业的焦炭厂和硅锰合金厂，也不包括这些行业的中间贸易商投资。

辉煌名片的塑造离不开大量资金的加持，长乐钢铁亦如是。钢铁投资几乎成为牵涉长乐当地百姓最多的一个行业。长乐人能把钢铁产业搞起来，不是靠某个大佬砸下巨资带起来的，而是靠把亲戚好友都调动起来，以家族为纽带集资入股，多则几百上千万，少则5万、10万元，全凭熟人熟面，无入股凭证，且投资圈不断外延。

而这些投资钢铁等产业的第一桶金大部分是他们从国外通过省吃俭用、辛苦打拼赚来的侨汇，然后输送回国内。据长乐区冶金协会秘书长王春华介绍，过去在长乐某些村镇，几乎家家户户都有投资钢铁的历史。每年行情好的时候，钢铁厂一般都会在年底根据投入金额和企业盈利统一进行分红。

要想揭开长乐钢铁产业兴盛的神秘面纱，避不开一个年产值百亿的民营钢铁巨人。巨人名叫福建吴钢集团有限公司（下称吴钢集团），它就像一瓶"老酒"，是长乐钢铁人口中最醇厚的味道。关键词是裂变，从占前路左转、入弯、出弯、进入一条318国道，一脚踩实加速踏板五分钟即可望见吴钢集团。位于国道旁的这家钢铁厂，像开启一台印钞机，日进斗金。收费站前，汽车一辆接一辆，前不见头，后不见尾，仅自运送着三烧烟囱炼制过的数百吨300系不锈钢走向更远的狭长地带。

在20世纪80年代初，吴钢集团的实控人凭着敏锐的商业嗅觉，主动出击，与亲朋好友合资建起第一家钢铁厂，开始了与炉火交锋的日子。随着企业如同滚雪球般越滚越大，其中参与经营管理的亲朋好友纷纷独立出来，以迅雷不及掩耳之势创建了第一批钢铁企业。

面对一片山头，一个巴掌拍下来，就在这儿建厂。不平，那有什么关系？"弄一弄就平了！"这口气，说到底，一个字，急！在20世纪90年代，长乐人的投资足迹像跑火车般走向全国，随后全国涌现出一大批浩浩荡荡的热量，汇聚成钢企中的"神秘门派"——长乐系。

走出去的长乐子弟，总能在钢铁界大胆"创"、大胆闯，并很快崭露头角，就像淡定、儒雅却叱咤风云的镔鑫钢铁掌舵者陈禹，又或者像两次"折腾"后上下齐心、士气大振的桂鑫钢铁林木平，抑或像敢拼会赢、成功面前从头越的黎城太行当家人董玉平。

在域外，炎风扑面，火流熏心。那些长乐籍钢铁玫瑰更是如此，她们的故事显得尤为精彩。她们是闻着滚烫的钢铁味道长大的，人生信条就是做生意、拉业务、做好产品、确保盈利，"从不放过自己"，这让她们所掌控的钢企得以在各地钢花璀璨，滋啦作响，在天际线上延宕，总是不乏翻手为云、覆手为雨的巨大能量。比如，印尼雅加达新中亚钢铁、越南圣力钢铁就是长乐系进军东南亚的代表。

长乐民营钢铁实力有多强？从一组数据可见一斑：东海特钢在2022年世界钢铁协会发布的全球钢企产量前50强企业榜单中，位列第44强，另一家"长乐籍"钢企广西盛隆冶金排名第38位。时间的线索拢成一张网，福建吴航不锈钢制品有限公司也入围了2022福建制造业企业100强，它们的市场占有率同样长期处于行业第一梯队，演绎了野百合也有春天。

钢铁产业取得这一切骄人的成绩并非一帆风顺，而是随着中国钢铁去产能行动的大潮起起伏伏波浪式前进。长乐区冶金协会负责人回忆说，在过去三年，源头关闸，钢材需求强度总体不足，叠加焦炭、铁矿石等原燃料价格持续坚挺，但开支却不能减少，钢厂已经历了一波倒闭潮。大部分钢铁企业盈利能力有所下滑，有的是被严重削弱，即将面临"苗头不对"的局面。但对他们这一代人来说，钢铁是抹不掉的印迹。野望也是去不掉的，"哪怕利润低一些都行，只要还能干，我们就干下去，干到世界最强。"

从"光辉"到"光灰",这是一个大浪淘沙的过程。我知道,这是最让人唏嘘的部分。好在白昼渐长,夜变短。走过三年的反复后,越来越多的长乐钢铁人像一棵孱弱的含羞草,凭借独有的韧劲,坚持在钢铁一线,舒展开了叶片,也把"有灵气的钢铁"从外到内烤一通,重新带回光明,甚至超配额地绽放出更胜往昔的光彩。

补强短板,数字赋能

长乐发展,有古代文明、草根文明,又不止有它们。在时间的大钟上还有两个字:现在。在滨海新城里逛一圈,肉眼可见长乐与世界的交集逐步扩大,深不见底。我看到更崭新的科技文明,正以蓬勃之势而来。那就是永恒不衰的白色浪漫:纺织,穿过人潮又升向天空远赴海内外。

如果说钢铁是长乐的皇冠,那么纺织一定是皇冠上最璀璨的白色明珠。二者就是沿岸人民的钱袋和粮仓,一币两面,互相依附,缺一不可。拉长时间维度,在长乐政府有力支持和保护下,纺织业历来是长乐引以为豪的第一支柱产业,它给长乐人带来过巨大的财富。

长乐纺织的起步很早,"国内第一台303型经编机,是1982年长乐金峰镇华阳村农民郑良官从德国引进的,专门生产涤纶蚊帐。当时就获得了不错的效益。"福建经纬集团林梅灼和林梅燕一齐说道。1983年金峰三星村引进咸阳市纺织机械厂生产的丝织机,创办长乐县第一丝织厂。1984年该村创办了长乐第一家提花厂"长乐县三星提花厂",之后又引进常德市生产的303经编机,创办了长乐县三星经编厂。同年,全国人大常委会副委员长、著名社会学家费孝通到长乐考察时留下一句话:"长乐纺织业像草根一样,漫山遍野,繁衍不息,生机勃勃，是中国草根工业的发祥地。"1992年起，更先进的经编机、花编机、提花机开始引进长乐，带动了产品品种的增加和档次的提高。

1994年，长乐正式撤县改市。彼时，长乐在册纺织企业758家，年产值接近10亿元。也是在这一年，作为现行中国最大棉纺织厂商之一的经纬集团有限公司在林梅燕带领下正式组建，这是长乐第一家现代意义上的纺织企业。此后的二十年里，经纬集团在纺织业领域不断创新拓展，于长乐陆续成立了紧密层控股子公司7家，经纬新纤产能达到140万吨，并开发出福建省名优产品，亦是市场上的"香饽饽"——宝圈牌本色纱，并连年保持11%的市场占有率，终至如今载誉满身。

进入21世纪以后，长乐的纺织产业更是茁壮成长，早在2013年，其总产值就率先突破千亿元，成为福建省乃至我国少有的区域性千亿产业集群，开始具备全国范围的"影响力"。2019年，长乐拥有各类纺织企业1063家，规模以上纺织业总产值达到2021.39亿，与1978年相比增长了约28万倍。当时70多万人口，大约七分之二都是从事纺织行业。2022年，长乐规工3677亿的总产值中，纺织业再创2574亿元新高，基本占了长乐规工总产值的3/4。

夕阳将落时分，若驱车行驶在长乐临空经济区，我眼前必豁然一亮，一条宽阔的道路两旁，密集分布着以针织、经编、花边等命名的200多家纺织厂。在福建民营企业百强中排得上号的"长乐军团"也坐落其间，和周边的居民区一道，呈现出独特的氛围，清冷而热络。他们中的杰出代表如恒申控股、永荣锦江、金纶高纤、长源纺织、长乐二棉、新华源、锦源纺织等，行业用工总计超10万人，构成了长乐在化纤、棉纺、经编三大行业的竞争优势，长期助力长乐跻身全国县域纺织三强。

但近年来,市场瞬息万变,制造了清晰的阵痛。从源头看,作为石油产业的下游,国际油价疯狂下跌直接倾泻到纺织行业,导致市场内需低迷。再伴随着疫情的大考以及终端产品的两头夹击,长乐纺织业更粗粝的现实是年营收每况愈下,甚至不少企业已经倒下。

"每个环节都有点中风了,即使躲过疫情冲击,低端产能还是很难躲过行业的洗牌危机。目前还有很多企业开工率很低,整个纺织外贸市场并未好转,产品库存大量增加。国外的外贸订单也非常不乐观,相对往年减少了太多。这种难挨的状态可能会持续一年半载,先撑着,会慢慢变好。慢就是快。"中国针织工业协会花边分会会长郑

恒申智能制造(姜亮 摄)

春华坦率地说。

"要稳一点"已经成为全国纺织业的共识。即便大势如此，凭借高度灵敏的市场嗅觉，长乐纺织产业的转型迅速进入快进模式，演绎了一出趁势而起、无惧风浪的奇迹，而这个奇迹的引领者则是己内酰胺行业龙头企业，位列2022年中国民营企业500强第153位的恒申集团。它的法宝永远不会是几个漂亮的字，而在于向功能性新材料方向转型升级。

近年来，它可谓一路狂奔、茁壮成长，不断延链、壮链，把各种生产要素"吃干榨尽"。看看下面的数字，你会不得不感叹这艘化纤巨轮的创造力：四年三次跨国收购，年产100万吨己内酰胺，年产值破千亿，扎根串连上下游八条产业链，入围2022年中国企业500强、中国制造业企业500强。

除了恒申集团在国内外引领风骚，长乐纺织老字号福建省金源纺织有限公司（下称金源纺织）也继续辉煌。有人说，当历史为我们关上一扇门时，未来或许会为我们打开一扇窗。放在年产值同样超百亿门槛的金源纺织一样不为过。当金源纺织面临再出发的抉择时，一个时代的机遇迎面而来——"数字经济"。它率先提出一个新颖观点：数字赋能生产"加速度"，工业互联网打通产业链供应链操作链，实现提效增速。

有了创意，那接下来自然就要寻通路、推出产品。于是，在这658平方千米的土地上，金源纺织又焕发出了新的生机。走进金源纺织的绿色制造示范车间，放眼望去，是上百台纺纱设备上下飞转，滚下一锭一锭的纱线，半成品在生产轨道上自动输送，精准对接；车间主控室的电脑屏幕上，闪烁着实时更新的各项生产数据：前纺车间开台率100%，后纺车间开台率100%……原先需要五百人运作的生产线，现在几乎看不到工人，只有五六位人负责机器人的运维。更多的生产情况，正持续在新的管理系统中实时更新，可视化、数据化。

未来已来，期待腾飞

谈及长乐纺织多年来的发展历程，长乐区棉纺协会秘书长高鸿毅陷入了沉思，回忆如潮水慢慢袭来……他告诉我，长乐的纺织业始于金峰，金峰的纺织始于经编、也兴于经编。"晚清时期，那个时候金峰镇三星、华阳村就有'当户织'的场景，全镇布局23家，女工二三百人，纺织机的声音不绝于耳，到现代更甚，家家户户都以有纺织人为荣，国内仅有，世界罕见。"

真正让长乐纺织行业崛起的是改革开放，一些长乐大型纺织企业的创办人亲眼所见，长乐纺织业是从福州高新区南屿镇江口村延伸过去的。改革开放初期，很多长乐人在江口做废品回收生意，看到江口人织蚊帐很赚钱，于是从江口村买了设备回长乐发展。在很长的一段时间里，长乐在政府宽松政策和顺畅的金融环境下，曾创造过中国纺织企业的许多辉煌，最兴旺时，一个厂里就有3000名员工，10万多个纱锭、800多台织布机，被称为"摇钱树"。经常天还没亮，伴随着"嘀、嘀！"等响亮的喇叭声，一辆又一辆满载面料的卡车从货仓驶出。

但彼时诸多纺织企业高速发展的劲头常被一头"饿虎"拦住。原来长乐纺纱企业需要的涤纶短纤原料平日多从江浙一带甚至从国外采购，它的供应常受制于人，且价格昂贵。面对原料带来的"卡脖子之手"，长乐林梅燕、郑宝佑、陈建龙等知名企业家从中抓住机会，互相扶持，以中外合资等多种方式相继投入近百亿，实现原料的改造和升级。一时之间，一石激起千层浪，不论是公众，还是媒体。旋即，长乐纺织工业当时在全国同行业中创造了多个"一流"：建设速度全国一流，一期从签订项目合同到投产，仅用了486天，被誉为"金纶速度"；采用最新大熔体直纺工艺，产品质量达到国际先进水平。

直到如今，长乐纺织行业每年仍会投入大量资金用于设备改造，目前产量相比几年前已经翻了一番。但有时，"酒香也怕巷子深"，现在不少长乐纺织企业都开始学会利用数字化进行营销，悄然改变纺织业产供销体系。

他说，纺织业交易平台"乐纺云"App就非常方便，打开它就能对接与需求相符合生产厂家，再打开"好运连连"App匹配距离最近、运费最优的货车"拼车"出货。高鸿毅形容这个过程为"滴灌"，踏踏实实，不漏分毫，大大节省了十倍的效率。

在长乐前工业纺织局局长程炎乐看来，离开数字化寸步难行，智慧赋能已经成为它们眺望世界的"第二只眼"。今时的长乐纺织正如过去的长乐纺织，天时地利人和具备，底气很足，最重要的是，重视乡情，仍然不忘互相扶持一把，还能够更好。"没有白受的苦。市场就是未来，在爱拼敢赢精神的鼓舞之下，更应该保持住自主创新的底色，找到小而精的突破点。我们会永远在路上，发挥光和热，用自己的方式描绘长乐纺织业下一个百年的精彩表现。"

这一席话韵语悠长，足以洗去一身风尘，我发自内心地高兴。货物万千，只是长乐最普通的一面，而卧虎藏龙之人，才是一座城的灵魂所在。他们能脚踏缝纫机，眼看零固件，手舞打金技艺，上能知天时地利人和，下能知今晚该吃什么……不时有温暖的、动人的、惊险的、未知的故事时刻发生。

我不禁想起，若干年前，费孝通再来长乐看到这座城纺织行业发展前景的那个画面，他正高声说，如今草根工业已经长成了参天大树。

这些都是"一黑一白"产业诞生的执着与柔情，虽不足以概括长乐的所有，但足以让我认识到创意中的长乐，一座正在诞生"绿色硅谷"的活力城市。它与天上的云多少拉开了一点距离，正沿山海而居，爬坡过坎中永远不知"小满"，更多追梦传奇还将在航城大地上演，持续孕育着"千家万户入画图"的繁荣景象。

祝福这片充满朝气的土地，期待这艘巨舰乘上时代的浪潮滚滚前行，抵达四千亿规模工业总产值大门，让更多人间烟火的响声慢慢登台，让外界感受到这个产业兴城的代表的雄心、信心以及国之重器的力量，让背后山坡上某一朵花也听得见，做到一呼百应。

为有源头活水来
——"大樟溪引水工程"通水长乐纪实

● 林晓敏

大樟溪是闽江下游最大支流，源于德化县，自西向东，流经永泰、闽侯入闽江，全长231千米，其中永泰境内长121千米。

2018年，福建省"大樟溪引水工程"实施，在永泰大樟溪建设莒口拦河闸，以大樟溪为主要引水源，供水范围包括平潭综合实验区、永泰县、闽侯县、福清市、长乐区、福州市南港片，有效地解决了地区缺水问题，对改善人民群众的生产生活条件和生命健康意义重大。工程总投资61.6亿元，全长约181.58千米，是中华人民共和国成立以来福建省最大的引调水工程，也是福建省有史以来单体水利投资最大、长度最长的水利民生工程。

"大樟溪引水工程"长乐输水线总投资约10亿元，全长52.3千米，于2022年6月13日全线完工。该线路线长、点多，经长乐、闽侯2个区（县），含营前、南通、青口、尚干、祥谦5个镇（街道），17个自然村。工程浩大、历时长、困难多。"该线路自2018年4月正式动建，碰上了不少难题。"据项目相关负责人陈经理介绍，这样一条民众期盼已久、凝聚无数人心血和汗水的输水线，是集体克服困难、战胜困难、共同奋斗的成果。

长乐输水线工程正式动工是2018年4月，而事实上在2016年，为避免隧洞爆破施工影响铁路安全运营，赶在福平铁路正式通车前，长乐输水线征地、挖隧洞前期工作已先行开始。

临时征地是建设方的首要工作，也是最困难的工作，面临着种种阻力。从工程开工前直至工程结束复耕，建设方要和沿线村委、村民不断沟通协商、达成一致的征地赔偿意见，工程复杂、涉及面广、工作难度之大难以估计。其中在长乐营前街道黄石村就遇到难题，施工便道经黄石村一处茉莉花基地，需把临时用电的电杆立在茉莉花田。茉莉花田业主村民林某考虑到经济受损严重及电杆安置会受到的影响，拒绝签订征地赔偿协议，工程停滞不前。时任黄石村支书的林方钟，作为一名共产党员、一名村委带头人，他义不容辞地担起这份征地动员工作，不辞辛苦、多次上门做该村民的思想工作。他从长乐千家万户的饮用水安全出发，以"牺牲小家为大家"的大义与责任担当来引导该村民，动员他为集体的利益做出让步。林支书的不懈努力与诚恳耐心终于做通该村民的思想工作，签订了征地协议，为"大樟溪引水工程"开路。遗憾的是这样一位可敬的村支书、一位优秀的基层工作者，却在2021年疫情期间积劳成疾，在一日值夜班时去世，因公殉职，没能亲眼看到该线路成功通水长乐，但他对"大樟溪引水工程"的贡献、他的不朽事迹已口口相传、深深烙印在我们的心里。

除了临时征地困难重重，长乐输水线隧洞开挖、爆破工作也同样受阻。隧洞开挖是通水的前提条件，沿线村民却担心炸药爆破有安全隐患和噪声污染，阻挠施工，工程被迫停工。当地政府领导带领建设方工作人员逐户上门，耐心做村民的思想工作，采取各种方法将影响降到最低。爆破前期，他们先在隧洞周边150米范围内入户取证，同时采用控制性爆破的"钻爆法"，控制炸药量，并时时进行振速

炎山取水口（姜亮 摄）

监测。种种有效措施逐渐打消了村民的顾虑，从思想上接受、理解与支持该项工作，促使工程顺利进行，将几乎不可能完成的任务变成"可能"，取得了阶段性突破。

为了给原水提供畅通通道，施工人员除了要克服施工复杂的爆破环境、要解决种种可能出现的受阻情况，还要面对洞径小、通风差、涌水、岩爆及施工设备受限、单头掘进距离长等常人难以想象的恶劣工作环境、艰苦的施工条件，他们的付出、他们的辛苦可想而知。隧洞内常年潮湿、阴冷、寒气重，尤其在冬天，他们常常深一脚、浅一脚地踩在洞内的小水沟里，连续的工作让他们忘记了被冻得麻木的双脚。若是大雨来临，雨水渗透到隧洞里，淋在身上，浑身湿透已分不清是雨水还是汗水。有时隧洞岩爆、塌方，尖锐的小石头飞溅，不小心被挫伤流血也是常事，他们也只是简单地处理包扎，继续埋头忘我地工作……

最令他们刻骨铭心的一次经历是2021年8月在赶工期时遭遇台风"卢碧"。2021年8月6日上午，台风"卢碧"的到来造成闽侯县持续降雨，过程降雨量超过历史最高降雨量，整个祥谦镇成了一片汪洋大海。台风肆虐，暴雨如注，洪水倒灌在建隧洞。福州市防灾指挥部、水利局及闽侯县领导赶来现场指挥调度，投入抢险人员100多人、车辆20余辆、抛石1500方援助抢险。在大家的齐心协力下，8月7日凌晨，险情终于排除，所有人都才松了口气。台风过后，他们来不及休息，来不及换下被汗水和雨水浸湿的衣裳，随即投入灾后的清理与重建工作。此次台风对长乐线施工影响很大，洞内积水抽排、淤泥清运、施工用电线路恢复、工区活动板房修整等整整耗时一个半月，隧洞才恢复正常爆破。这样一次惊心动魄的经历，对他们来说，平常又不平常，或许是职业习惯使然，也或许是一份沉甸甸的责任在肩，他们的叙述云淡风轻，让我们敬佩不已。

台风耽误的工期及工程前期因疫情影响和大型会议召开要求停工，造成时间拖延，工程后期又因围岩的变化增加了工作量，工期紧迫，给所有人带来巨大的压力。重要节点，时任福州市委副书记林飞到现场调研、指导工作、鼓舞士气，对整个项目进行了系列调整安排，调拨工程资金到位、加大设备投入、制定赶工措施与方案；组织开展劳动竞赛，全员在岗三班倒、节日不休，倒排工期，施工人员也互相加油鼓劲，促使整个工程进度加快。

他们披星戴月、风雨兼程，为抢进度、保工期，一直坚守在工作岗位。他们说起那一个个不舍昼夜的赶工期的日子只有自豪，没有抱怨。那样恶劣艰苦的工作环境下，他们仍有数不尽的幸福与快乐；他们十分怀念工友们共同度过的一个又一个难忘的隧洞春节，充满了欢声笑语。他们说除夕夜留守岗位，在隧洞一起吃着食堂特意为他们准备的腊肉、腊肠等带有家乡风味的年夜饭，特别香；还有收到当地政府的新年慰问品与祝福，也非常开心，虽然离家千里之外，但不觉得孤单，所以他们的工作热情和干劲特别足。他们的工作得到了上级肯定，荣获了"福建省水利建设工程文明工地"称号……正因为有了他、他们，他们的乐观主义与奉献精神、他们锲而不舍地辛勤付出，才有了"大樟溪引水工程"长乐输水线路2021年11月11日全线贯通、2022年5月8日具备通水条件、2022年6月13日如期正式通水。

"大樟溪引水工程"的成功通水，每日可为长乐供水60万吨。

当优质的大樟溪原水源源不断地从永泰大樟溪莒口库区出发，一路奔流，抵达长乐东区水厂时，翘首以盼的长乐民众普大喜奔！这段总长约52.3千米的路程，终于在大家的等待中贯通。

回顾往昔，长乐的取水水源在闽江下游，因受河道下切、海水咸潮上溯等影响，取水口氯化物超标时有发生，尤其在枯水期，水较咸，水质安全难以保障。这次"大樟溪引水工程"通水长乐，不仅破解了大家饮水难、喝咸水等饮用水安全难题，更有效解决并提高了长乐区的供水保障率，满足了居民、企业的高质量用水需求。

受惠的70多万长乐人民终于喝上了口感清甜的大樟溪水，告别了以往又黄又咸的饮用水、告别了周末提着矿泉水桶到山上排队接山泉水或到周边的村落打井水的辛苦，节省了大量的时间、精力和金钱，幸福感"爆棚"！

同样，优质的大樟溪原水也为滨海新城的福建数字云计算中心带来"定心丸"。因为云计算中心的设备冷却系统对冷却水要求很高，大樟溪的优质水源可以更好地保证设备的稳定运行，助力数字福建、数字中国建设发展！

还有爱喝茶、善品茶的茶友，品鉴了由大樟溪的水泡制的香茶，也由衷地赞美，大樟溪的水纯净、清甜，堪比深山泉水。一时"慷慨大樟溪，百里送甘泉"成为美谈。

现长乐区两个水厂——东区水厂和远航水厂以大樟溪水源为主，闽江水源为辅，日供水量达28万立方米。为了让群众放心、安心喝上健康水，水质信息做到日检、月检、半年检在官网公开，饮用水水质综合合格率达到100%。

长乐区将秉承"供水为民"的宗旨，进一步提升水质，保障人民用水需求与用水安全，增进民生福祉。

那些挽救生命的日子

● 杨国栋

一

奔腾不息的闽江，流经西北和北境，形成长乐境内最主要的河流。近百千米的江岸线，由黄石流经梅花，波澜壮阔，浩浩荡荡，峰回水转，以其特有的气势汇入海滨冲积平原，形成滨海新城一带温柔的水流，任由白鹭、灰鹭、白鹇、红嘴鸳鸯等十几种鸟类自由翱翔。

然而，就在长乐城区那座百年医院里，浪漫的声息、腾飞的舞蹈、轻松的歌谣全然消隐，取而代之的是紧张、担忧又祈盼的眼神与面色。这是进入医院的患者和家属时常出现的心理状态。这时，冷静理智、面带微笑的医生，成为他们的"定心丸"。他们诚挚又耐心地根据每一位患者的病痛现状给出专业的诊疗方案；或在手术台上应对自如地拿着手术刀，用精湛的医术为患者解除病痛；或是以患者为中心开启多学科融合诊疗模式，不同科室、不同年龄的医生齐聚一堂，进行医学上的分析探讨……他们想方设法，将处在生命垂危或生死线上痛苦万分的患者从鬼门关口拉回至人间天堂。

"救死扶伤，实行革命的人道主义。"一百多年来，长医人始终兢兢业业、专心致志、任劳任怨地将自己的青春、智慧和经验，毫无保留地奉献给患者，传授给一批又一批的年轻医生。他们以救死扶伤为本为乐，栉风沐雨、餐风饮露，甚至艰辛跋涉，永不间断地跋涉在县城或者乡村，无怨无悔。

长乐区医院创建于1912年，已有111年历史，距福州市区20千米，距福州长乐国际机场15千米，是一所集医疗、急救、预防、教学为一体的综合性医院。1994年被评为爱婴医院，1998年进入国家二级甲等医院行列。先后多次被福建省卫生厅、福州市卫生局授予"文明医院""先进集体"等荣誉称号。这里涌现出"列车上吸痰救人的'最美护士'""感动福建十大人物"以及一大批援外、援疆、援藏、援川等先进模范人物。

医院在职人员853名，其中卫技人员746名、高级职称106名，在省级各学术学会中任理事、委员及常委职务的近40人；拥有CT、1.5T磁共振等大型先进设备以及CR、DR机、数字X光胃肠机、彩超、电子胃镜、肠镜、贝克曼全自动生化仪、化学免疫发光检测仪、微创腔镜系统等，可满足临床及科研工作者的需要诉求。

二

不论是青葱岁月清晨初升的太阳，还是晚霞映照的夕阳红柔美景色，健康始终是人生重大要务。

2018年11月15日傍晚，一位车祸外伤昏迷不醒的老年患者被紧急送到长乐区医院急诊科，医生立即进行生命征象检测，建立输液通道及急诊行头胸腹CT检查。主治医生考虑到患者头胸腹骨等多脏器复合伤，立即启动多发伤抢救程序，请神经外科、普外科急会诊。院里的肖航副主任医师在会诊中考虑到患者脑内大面积出血，需要紧急开颅手术抢救；同时普外科陈仁发副主任医师会诊后考虑到患者脾脏破裂导致腹腔内出血，需要紧急剖腹探查，于是主动跟患者家属沟通后，紧急调整床位收进外科八区，进行各项术前准备，并且急请胸外科、骨科、麻醉科会诊。经多科室会诊初步诊断后确认患者为大面积脑出血、脾破裂、双肺挫伤、血气胸、锁骨肋骨肩胛骨多处骨折。神经外科主任陈振兴与普外科主任方勇联合制定救治组织抢救方案，决定进行多学科联合急诊手术，开颅手术与剖腹探查同时进行，麻醉科密切配合，胸外科随时准备进行胸腔闭式引流，待到多处骨折等病情稳定后，转至骨科进一步治疗。

为了抢时间救治重伤患者，当天夜里神经外科与普外科医生同时在患者全麻状态下急诊进行开颅血肿清除术和脾切除术，继而将他转入重症监护病房进一步抢救治疗。由于医院上下齐心协力进行抢救，一个月后患者神志逐渐清醒，继而生命体征平稳，排气通便正常；又经多科室联合反复地治疗，这位头胸腹严重创伤、全身多处骨折的复合伤患者获得重生。医患同心协力，打赢了这场漂亮的"生命保卫战"！

三

枯燥的医院，常常是个体生命再造的摇篮；慈祥的医生，常常是引领健康的舵手。

不久前，一名5岁的儿童因为车祸导致昏迷，在夜色降临的那一刻被送到长乐区医院急诊科。经护士检查，发现孩子已经神志不清；一量血压，低至40/20mmHg；脉搏极弱，心率约160次/分，双侧瞳孔散大，对光反射迟钝，四肢冰凉，呼吸反常。院里的陈景副主任医师立即带领急诊科全体医护人员投入抢救，进行扩容补液、对症等处理；接着请普外科游宠捷主治医师会诊，查床边彩超提示腹腔出血，决定给予腹带加压束缚，患儿神志逐渐转向清醒；及时护送至CT室检查颅脑+胸部+全腹部CT提示，发现患儿肝破裂，同时腹盆腔大量积血、双肺大面积挫伤出血、右侧气胸、右侧多发肋骨骨折、额骨骨折、胸骨柄骨折等。

其时，春寒料峭，正在下班回家路上的医院副院长付毅和科长江舟、主任医师倪士杰和郭重坚以及陈小刚主治医师等，当即调头返回医院，参加到抢救5岁孩童的战斗行列。他们对患者予以输入红细胞悬液、纤维蛋白原、激素、扩容补液等处理，较好地将患儿的血压回升至90/50mmHg。为了确保孩子的生命安全，时任常务副院长付毅等还急请福建省立医院肝胆外科主任医生严茂林对此进行会诊；同时开通绿色通道，直接将孩子送入手术室。

接下来，就是一场惊心动魄的、生死攸关的生命大抢救。

麻醉科周香钦主任医师、陈峰副主任医师、郑阳芝主治医师对孩子继续输血和扩容，迅速插管麻醉；普外科陈小刚主治医生予以行右胸腔闭式引流术；医务科科长江舟、主任医师倪士杰、主治医师游宠捷等会诊后，考虑到患儿腹中仍在出血，当即果断地决策，立即进行开腹探查止血。经探查后见患儿腹盆腔约有1000+ml血液，肝多处破裂，部分小肠系膜撕脱，其中右肝后叶可见13cm×8cm裂伤，右肝静脉断裂，活动性出血。医生们当即缝扎止血，使得孩子的血压迅速回升，紧接着，医生进行小肠部分切除手术。

这时，福建省立医院肝胆外科严茂林主任和郭重坚医师赶到长乐，对孩子进行"右肝后叶部分肝切除术+左肝破裂修补术"，成功地完成了初步处理。手术结束时孩子的血压约在102/50mmHg，被送入ICU。

时任常务副院长付毅主任医师连续多夜组织儿科、胸外科、普外科、ICU等多学科会诊讨论，继续进行后续观察抢救治疗。几天后，孩子终于清醒，生命体征平稳，生命危险被排除。又经过一段时间的精心治疗呵护，孩子基本康复。

一个鲜活的生命，就这样被百年医院即长乐区医院鼎力挽回，响亮地谱写出一曲动人的生命赞歌。

四

兔年新春佳节刚过，长乐区"福"味依旧芬芳浓郁。在古厝古巷，在街头公园，欢天喜地的青年男女拾起传统的福文化，唱出福韵荡漾绵长。由于长乐区积极推动"福"文化融入城乡社区和各类空间，兴"福潮"、赏"福景"、享"福气"，延伸"福"文化内涵，打响"福"文化品牌的文化活动长年不断，让时光从粗粝混沌中清醒后，携着欢天喜地的福文化走入百姓心间。

长乐区医院也在行动中。为了让患者早日康复，回家过年，医生们加强了对患者的精心治疗，出院前专门为他们开出适宜的备用药，叮嘱他们按时按量服用，避免病情反复。部分病员有着传统的旧俗理念，认为留在医院里过春节"不吉利"，会影响到个人甚至全家人的"运气"，故而明明知道自己的病情并未完全好转，还是坚持"回家过年"。医院领导和医师对此并不责怪，而是主动为提早离院的患者开出回家静养的药品，叮嘱他们一定要按时服药；叮嘱他们一旦发现病情反复必须主动地联系医生，确保无恙。

长乐区医院（赵马峰 摄）

医院在过年期间专门为留院患者举办能够让他们开心愉悦的活动，院领导在年前或者年后的日子里，专门组织科室负责人和老医师、老护士，慰问留院伤病员。医院食堂专门为他们送上春节慰问果品，表达院领导、医生护士和后勤服务人员对留院患者的慰问。

五

海水浪奔，惊涛裂岸的长乐滨海一带，原先不过是一片荒芜的海边咸湿地带。随着一批批建设者的豪迈步伐趋进，走出了宽阔地带上一片片灿烂辉煌的耀眼景观。

就在福州长乐国际机场不远处，人们还可以看到福州滨海新城综合医院。这座医院自建设以来就备受各方关注，经过一年多时间的建造和室内装饰装修阶段的打拼冲刺，于2022年底建成。这座大型建筑高高地耸立，直刺苍穹，崭新的白色外墙在阳光丽日下熠熠生辉。

福州滨海新城综合医院二期项目感染楼由上海华山医院张文宏主任团队主导建设，按照国家区域医疗中心建设标准，依托华山医院感染性疾病科的优质资源，以平战结合为准则，打造福建省首个应急事件救治基地及国家疫情防控点。该楼平时作为普通门诊、住院楼使用，遇到疫情救治时可开启独立空气净化系统，进行全封闭管理。滨海医院有着庞大的华山仅仅一年多就绽放出超越同行业数十年的色彩。

滨海医院借助上海华山医院国内一流的专业管理和专家团队，着重发展感染学科，并与临近的福州市疾病预防控制中心联合打造"防治一体化"疫情防控救治平台。项目全面建成后，提升并且优化了包括长乐在内的福州疫情防控水平，极大地提升了福建省传染病诊治能力，尤其是增强了突发公共卫生事件应对能力。

滨海综合医院与华山医院合作后，华山医院周良辅院士、顾玉东院士多次入闽到滨海医院坐诊手术，让长乐、福州乃至福建各地百姓享受到国家级医疗服务。

唯改革者进，唯创新者强，唯改革创新者胜。滨海医院在建院的第一年，就将打造具有现代医院管理特色的改革试验田作为奋斗目标，踔厉奋进，勇往直前。如今，滨海医院获得的医学医疗成果多达百项，被誉为后来者居上的典范。建院时间如此之短，获取的成果如此丰厚，这在八闽大地县级医院实属罕见。

滨海医院还担负着一项其他医院所没有的极其庄严高尚而又光荣的独特任务，那就是每当载着千百旅客的飞机，降落在长乐国际机场时，常常接到还在飞行中的客机呼喊，要求滨海医院派员提前到机场等候。为此，滨海医院在院领导的指挥下，火速而快捷地带上所需医疗器械设备和相关急救药品，赶赴机场。待飞机降落，医护人员第一时间登临机舱，将患者抬往医院抢救不同寻常的长乐滨海医院，自觉地分担了许许多多紧急重大的任务，以澎湃海浪的汹涌气势，对接上高空中的祥云瑞气。

千年古邑，教育崛起

——长乐古今教育漫谈

● 郑章容

1400年的吴航大地，拥有得天独厚的130多千米的黄金海岸，蓝天白云下山峦起伏、绿水悠悠，闽江河口湿地边飞鸟翔集。长乐，这个源于诗经中"长安久乐"的美好字眼，从最初偏安于一隅的蛮荒之地，演化为后世称颂的"海滨邹鲁、文献名邦"，承载着"衣冠南渡、八姓入闽"历史文化的迁移，建县之初便预示了这片土地将孕育出灿烂的文化与美好的未来。

千年文脉　源远流长

古往今来，世人农耕与诗书相伴，生生不息的精神和文化血脉根植于诗礼传家的强大基因。理学家朱熹曾在长乐讲学。宋庆元年，朱熹为避"伪学"之禁寓居龙峰岩（后改名晦翁岩），即朱熹与里人刘砥、刘砺兄弟筑室讲学处。现存著名景点有石门岩壁上留下的朱熹手书"读书处"以及明刑部侍郎郑世威、清福建船政大臣沈葆桢手迹"晦翁岩"石刻，还有"三贤祠"（为祀朱熹和刘砥、刘砺三贤士而改称，1993年重建）、龙峰书院（2002年重新整修）。后来朱熹还游学到三溪、江田等处，足迹几遍长乐。学生郑性之、张洽、刘砥、刘砺、黄榦等，后皆成名儒或名宦，他还将次女嫁给了黄榦，朱子理学得以发扬光大。走近晦翁岩，触摸斑驳的石壁，历史的厚重感油然而生，先贤的教化还经久不息，胸中的鸿鹄之志不禁思绪激荡。

据不完全统计，自唐开元二年（714）长乐学子开科登第开始到清代，先后有955名长乐学子考取进士，在号称历代全国10万名进士中，平均每百人就有一名长乐籍进士。这些佼佼士子都是当时朝代政坛上或社会上的风云人物。宋明清三朝，科举题名者、功业立世者，长乐人不绝于史册，"进士之乡"实至名归。史料记载，唐开成三年（838）第一个进士是林鹏举，宋淳熙五年（1178）姚坑人姚颖状元及第，庆元五年（1199）麟墩人陈良彪中武状元，嘉泰三年（1203）邑人陈自强任右丞相，嘉定元年（1208）北湖人郑性之状元及第，嘉定七年（1214）洋屿人郑昭先签书枢密院事，嘉熙元年（1237）郑性之升拜参知政事，嘉熙二年（1238）东隅人赵以夫拜同知枢密院事，宝花元年（1253）姚坑人姚勉状元及第，咸淳四年（1268）阜山人陈文龙状元及第……在科举年代，鼎甲之盛声震八闽，"一门五进士""一门三举三翰林""父子同科"，其文苑佳话，俯拾皆是。

自宋朝起，长乐培养高等学子之书院或官方创办，或乡绅筹办，或民众共办，已遍地开花。单长乐县城，最有名的书院有南山书苑、吴航书院、龙峰书院、东溪精舍，一以贯之实行严格的师徒教育。如今这些书院已是集朱子文化、郑和航海文化、长乐人文文化于一体的旅游胜地。

明洪武三十一年（1398），知县王遵道尊崇教化倡办社学，改"六平书室"为"东溪精舍"（今和平街六平山北涧山），重金礼聘江田中书舍人陈泂仁讲学其中，令泮生（学官之学子，后称吴航十学子）吴实、马铎、高淮、林应、周瑶、李马（骐）、谢复进、高沂、林山乔、陈全等十人从之学。"数年间，之十子者，相继擢巍科，膺显职，邑之文风因之丕振"。十学子都做举人考进士，其中两个状元（马铎、马琪）、一个榜眼。当时他们与闽中十才子高棅等人诗歌唱和、以文会友，传为佳话。如今再次走进东溪精舍，似乎琅琅的读书声似乎还在耳边回响，学子引领上下求索的脚步还在摸索前行。

在"学而优则士"的封建科举时代，长乐人牢牢把握住了"耕读传家"的机遇，耕读中簧门受业。

培根铸魂　崇贤远志

教育是民族复兴、社会进步的重要基石。长期以来，长乐教育人践行着培根铸魂、崇贤远志的办学愿景，谱写着科研兴校、丰富多彩的校园文化。

目前，全区共组建21个教育集团，覆盖高中、初中、小学、幼儿园全学段，涉及公办学校和民办学校。2022年"长乐华侨中学教育集团""实验幼儿园教育集团"正式挂牌成立，长师附小教育集团新增营前校区。到2025年，全区拟新增义务教育学位31180个（小学24480个、初中6700个）。在洞江湖融合发展区、东湖融合发展区、闽江口融合发展区设立分校区，实施优质校带新办校、强校带弱校，逐步扩大集团化办学覆盖面，提高教育综合实力。

千年学宫——长乐师范附属小学，学校立于学宫旧址。孔庙里的学宫于唐乾符四年（877）创建，历史底蕴深厚绵长。校内现存古樟树、月爿池、奎光阁、夫子泉等古迹。自唐迄清，学宫倡导以

长乐一中（赵马峰 摄）

儒立国，以道觉民，尊孔重教，培育英才，绵延至今。光绪三十年（1904）长乐同时创办吴航高等小学（吴航书院）、胪峰高等小学（金峰胪峰书院）和梅花私立高等小学校（和羹书院）。1905年，清政府全面废除科举、县学，知县王扩中、邑绅刘炳南、郑勋在学官之西创办了明伦学堂，抗日战争爆发后，孔庙、学官均遭破坏，1951年更名为城关中心小学，1980年改为长乐师范附属小学。千年积淀的文化内涵，铸就了长师附小的百年辉煌。院士、将军、教授、知名企业家等群英荟萃，作为省级文明学校，省级示范小学，长师附小始终走在素质教育和课程改革的前沿，已然成为长乐学界一个知名品牌。

第一学府——长乐一中（1890年建校，从陶媛女校、格致男校起步，后合二并为私立培青初级中学），1913年营前县丞改县佐，在射圃崎设县蚕桑学校。1914年6月，县立第一女子国民学校创办，数易其名，直至1957年才定名为"长乐第一中学"。这是一所省一级达标重点中学，是首批省示范性高中学校、花园式单位。学校现有两个校区，其中一个东临汾阳溪，北倚六平山的老校区，有高二和高三两个年段；位于会堂南路99号，用地一万多平方米，2013年动工，投入近千万元进行智慧校园建设。2014年9月，学校初中部如期顺利开学，2015年9月高中部顺利开学，为长乐一中迈入完中序列奠定了重要的里程碑，现有初中到高一四个年段。雄踞六平山麓的校舍，加上功能齐全的新区楼宇，如同经历百年浩劫的浴火重生中腾飞起的一体双翼，似久栖梧木的凤凰渴望飞翔于九天。

近年来，长乐一中的高考成绩稳步提升，每年均有学生考取清华大学、北京大学等名校，十年累计多达40多人，本一上线率近80%；高考总分平均分居全省前列，每年均获福州市教育局授予的高考效益优胜奖，2020年获"福州市高考突出贡献奖"。这所闽中名邑的重点中学，以"正德培青 大爱远航"的星星之火，点燃吴航现代文明的薪火烈焰。

励精图治　稳步前行

多年来，长乐区始终坚持教育优先发展，锐意教育改革。"十三五"以来，区政府共投教育经费超过65亿元，实现财政经费对教育事业的全额足额保障。到2025年全面扩大优质教育资源供给，全区教育财政预计总投入80亿元以上，为2035年九年义务教育的普及、全面实现教育现代化奠定坚实的基础。

目前，全区各类学校校园占地面积由2012年的227.62万平方米增加到2021年的283.77万平方米，增长24.67%；校舍建筑面积由2012年的81.85万平方米增加到2021年的142.46万平方米，增长74.01%，共新增学位5.6万个。

东湖融合发展区即滨海新城教育配套建设正协同并进，福建师大附属小学2023年9月投用，福州第十九中学、福州群众路小学滨海校区的主体施工基本完成，一个富有人文精神和花园式的精神家园擘画在即。省政府批准的一所民办高等院校——福建软件技术学院，一期二期已经竣工并投入使用，现有软件技术、人工智能、游戏设计、数字文创等八大专业群35个人专业。学院2021年已建A类立项若干项目，与网龙、中国信科、京东、北京容艺等建成多元主体产业学院，将成为开展数字教育合作和未来教育试点的教育高地。

这些年来，长乐学前教育稳步提升，努力推进公办幼儿园建设和小区配套幼儿园治理，实施政府购买普惠性民办幼儿园教育服务，切实推动学前教育普及普惠发展，目前有省级示范园1所、福州市级示范性园3所，此外均属区级示范园。2022年，全区新增公办学位2100

个，努力解决"入公办园"难的问题。义务教育也在全面推进中，全区50所小学被认定为"义务教育管理标准化学校"，10所小学列为"义务教育教改示范性建设学校"。普高教育实现优质发展，新建的福州外语外贸学院附属中学，规划办学规模60个班3000人，将于今年9月开学。这所附属中学将建立名校名师的协同工作机制，引进北京师范大学、首都师范大学、湖南师范大学、福建师范大学、石家庄精英中学等名校资源，不断提升教师专业能力，缓解福州市五区的普高招生压力。职业教育实现创新发展，2022年6月长乐职业中专学校设立长乐校区，正式开展普通全日制高职学历教育，为区纺织企业培养专业技能人才，这也是全区唯一的国家级重点中等职业学校。

高等教育方面，滨海新城引进境内外优质高等教育资源办学，计划2025年建成占地面积2010亩的天津大学福州校区，打造高水平、开放式、国际化高等教育聚焦地。如今一期工程已经完成，在榕科研人员及PI助手20余人正式进驻校区办公，将陆续引进境外优质高等教育资源，设立若干中外合作办学机构，以及高水平科研和成果转化机构。

一分耕耘一分收获，长乐人正迈着坚实的步伐稳步前行，为教育赋能为民族复兴，励精图治深耕厚植，播种希望静待花开。

乐观其"城"

长乐
CHANGLE

展翅高翔正当时

● 吴桦真

一座高标准规划建设的国际机场，架起对外开放的空中门户，打造出招商引资的金字名片，成为推动城市高质量发展的强力引擎。在东海之滨的长乐，每日近300架次飞机从头顶呼啸而过，见证着这片国家级门户枢纽机场、海上丝绸之路的蓬勃生机。正坚持"3820"战略工程思想精髓、深耕"一带一路"建设，长乐正以福州（长乐）国际机场的建设发展为把手，在"国内为主，国际国内双循环"发展之路上大步流星，以奔跑之姿迈向"双跑道、双航站楼"的新时代，不断为有福之州加快建设现代化国际城市注入澎湃动能。

高位谋划，空中丝路绘宏图

大型国际机场，现代化国际城市的"标配"，城市发展能级的"量尺"，有福之州走向世界的空中桥梁。驻足福州（长乐）国际航空城，一架架飞机每天从头顶呼啸而过，为城市发展迎来一波又一波远道而来的海内外客商。这是全国首座完全由地方投资的大型现代化国际机场，更是福州对外开放的坚实桥梁。

20世纪90年代，时任福州市委书记习近平亲自主抓长乐国际机场建设，从机场构想、策划到机构建立、班子人选，再到设计规划、资金筹措、开工兴建等，都亲自谋划、亲自部署、亲自推动，并专门成立领导小组、带头捐款，多次深入工地实地考察，帮助解决困难问题。

1997年6月，长乐国际机场正式通航。一只只银燕灵巧起落，带来城市发展的高速引擎，成为我国航空干线网中的重要干线机场。

日月其迈，岁律更新。经过20多年的发展，长乐国际机场已成为中国东南沿海最繁忙的机场之一，被国家民航部门定为"21世纪海上丝绸之路"的门户枢纽机场。

快马加鞭，机场二期具雏形

如今，沿着习近平总书记指引的方向，长乐国际机场发展再迈铿锵足音。

一期导改道路投用、"零换乘"综合交通枢纽站建设加速、T2航站楼火热展开……福州新区滨海新城的长乐国际机场二期扩建工程现场，机器轰鸣声中，一座新时代大型国际综合机场枢纽逐渐展露雏形。

作为福州加快建设现代化国际城市、打造"六城五品牌"的重要载体，长乐国际机场二期扩建工程的建设，承载着广大市民日益增长的出行期盼，践行着城市"东进南下，沿江向海"的坚定步伐，更是有福之州逐梦海丝、链接全球的空中桥梁。

福州机场二期扩建工程预计2025年，全面建成，届时这里不仅将新建25.5万平方米的T2航站楼和一条长3600米、宽45米的第二跑道，满足年旅客吞吐量3600万人次、货邮吞吐量45万吨、飞机起降27.7万架次的需求；还将新建8万平方米的综合交通中心和12.2万平方米的停车楼以及机场第二高速公路、地铁等多制式交通，将极大提高机场运行保障能力、提升空港辐射带动作用，为福州加快建设现代化国际城市插上支撑之翼、开放之翼。

为确保项目按时间节点完成任务，福州（长乐）国际航空城管委会探索建立了"总设计师"制度，通过搭建专家组团队，建立会商机制，积极联络对接北京市建筑设计研究院、福州市规划设计研究院，形成规划设计统筹平台、目标工期管控平台、特殊工艺技术咨询平台，全方位保障、推进机场二期、高铁进机场等重大项目建设。

抬头是一只只灵巧飞行的航班起落，低头是一个个热火朝天的项目建设，耳畔是一声声干劲十足的加油打气。眼下，随着项目建设持续推进，"双跑道、双航站楼"的新时代枢纽机场正一步步从蓝图化为现实，展示着福州（长乐）国际航空城的澎湃动力。

诚意满满，招商引资显成效

项目建设如火如荼，航线网络愈织愈密，八方客商蜂拥而至。依托长乐国际机场枢纽，福州（长乐）国际航空城搭建起坚实的产业基础和良好的营商环境，引来众多高端新兴产业项目纷至沓来，为福州高质量发展蓄势聚能。

米白色厂房拔地而起，生产线搬运完毕，设备调试紧锣密鼓……走进福州新区临空经济区福米产业园内的福美显材贴合项目现场，随着项目进展持续推进，试投产节点近在眼前，一座上下游产业融通发展的"光显之城"呼之欲出。

长乐机场（赵马峰　摄）

　　茁壮成长的福米产业园仅仅是国际航空城通过积极开展"十大专项行动"，坚持延链补链，加快构建临空产业集群的一个缩影。

　　放眼活力涌动的国际航空城，一项项创先争优的硬核项目，正牢牢托载起一座振翅腾飞的现代化产业新城。

　　阿石创新材料超高清显示用铜靶材产业化项目建设热火朝天，项目建成达产后可年产2000吨超高清显示用铜靶材；长源纺织技改风生水起，推动产品升级迭代；更有网龙数字教育小镇、国发重工、京东一号、菜鸟网络等大批高端产业项目更持续发力，为区域高质量发展注入强劲动力⋯⋯

持续开放，海纳百川展新姿

　　2022年5月22日，"福州至台湾地区航线复航"首班航班从福州机场起飞，抵达台北松山机场。

大型国际机场，城市外向型经济的"晴雨表"，21世纪海上丝绸之路互联互通的重要枢纽。福州至台湾航线的复航，是两岸同胞共同的心愿，也是福州机场优化航线网络布局的举措，更是推动福州新区成为台湾连接大陆、连接世界的平台，打造经济发展新高地的重要一环。

以中印尼两国双园的建设和福州至台湾航线的复航为契机，福州（长乐）国际航空城正积极打造"国内为主，国际国内双循环"框架，构建干支互补、南北两扇、通达洲际的航线网络，为"空中丝路"添砖加瓦。

看，京榕、沪榕、蓉榕三条空中快线快速推进，将为福州往来北京、上海、成都的客源搭建更加便捷的快线通道；

看，东南亚、东北亚航线网络持续加密，不仅将进一步服务中印尼"两国双园"建设，还将打造国内往返东南亚、东北亚的"跳板"和枢纽；

看，以机场综合交通枢纽为核心，3条城际快速铁路和2条机场高速公路为放射骨架的"1+3+2"立体综合交通体系已基本成形,将进一步提升机场集疏运网络,带动机场枢纽航运能力提升、周边商业繁荣……

坚持'海丝门户'枢纽机场定位,国际航空城正全力打造对外可辐射到美、日、欧及东南亚等国家;对内可与长三角、珠三角、台湾岛形成一个小时航空交通圈的国家级门户枢纽,并通过加快推动机场"流量倍增计划"等方式,加速客运流量增长,助力提升对外开放水平,助力福州融入新发展格局。

依托福州长乐国际机场,国际航空城正积极打造综合航空枢纽,提升机场客货运水平,培育临空产业,持续构建完善现代产业体系,深耕"一带一路"建设,为福州建设现代化国际城市注入强劲的"航空动力"。

沿江向海，多港齐发

● 冯雪珠

长乐，扼闽江入海口，是福州经略海洋的重要依托；挺立数字潮头，是福州发展数字经济的承载之地——福州（长乐）国际机场架起"空中丝路"，闽江口内港、国际邮轮港口松下港链接"海丝"，沈海高速、机场高速穿境而过，福平铁路、长平高速、福州东南绕城高速、地铁6号线等大通道共同构建起现代化海陆空立体交通网络……

如今的长乐，正立足空港、海港、公路港、铁路港、信息港，五港齐聚、多区叠加等先行优势，创新"片区+项目"组团式联动开发模式，全方位领航建设现代长乐、国际航城。

东海之滨，枢纽门户，在以长乐国际机场为核心的福州（长乐）国际航空城内，蓬勃生机跃然眼前。作为福州打造的"六城五品牌"之一，福州（长乐）国际航空城，正全力推进长乐国际机场二期扩建工程，迈向"双跑道、双航站楼"新时代，架起福州对外开放的空中桥梁。

福州长乐国际机场距离福州市区约39千米，为4E级民用国际机场、区域枢纽机场、"海上丝绸之路"门户枢纽机场。现有航站楼一座，共计21.6万平方米；通航点达89个，开通航线117条；跑道长

3600米，有机位76个。

在一期的基础上，长乐国际机场发展再迈铿锵足音。2020年，总投资215亿元的机场二期扩建工程开工，将新建一条长3600米、宽45米的第二跑道，新建25.5万平方米的T2航站楼，并引入机场第二高速公路、地铁F1线、福莆城际铁路F2线、福宁城际铁路F3线等多制式交通，构建以福州机场为核心的"1+3+2"综合立体交通体系。

2025年，机场二期扩建工程将全面建成，届时将极大提高机场运行保障能力，提升空港辐射带动作用，更好地满足群众出行需求，推动福州加快建设现代化国际城市。

天上架起"空中丝路"，地上构筑"立体网络"。2022年福州地铁6号线正式开通运营，长乐迈入地铁时代。地铁6号线自潘墩站"起跑"，沿江向海，途经长乐区，最后抵达滨海新城万寿站，全长约31.3千米，共设16座车站。这条交通"大动脉"开通后，福州市区至滨海新城的路程将缩短至42分钟。

与地铁6号线交相辉映，328国道（滨海大通道）、福平铁路、长平高速、长福高速长乐段等6条大通道建成；积极推进城际铁路F2、F3线建设，尽早实现高铁进机场……一条条轨道交通、高速路、快速路，在福州主城区、长乐区、滨海新城、三江口和平潭岛之间架起了便捷通道。

"原来老城到长乐区、滨海新城，仅有203省道和机场高速。路网建成后，去新城的路就多了，福州到长乐、滨海新城缩短至半小时，来回更便利。"每天在滨海新城与福州城区通行的高先生提起滨海新城的未来，充满期许。

一个建设步伐加快的CBD将把地铁6号线、滨海快线和福州长乐机场紧密相连，让乘客3分钟畅通往返机场。这里将成为长乐区交通最为便捷的核心地。

陆海空交通紧密相连，城市轨道、公路、铁路无缝对接，长乐区从内而外散发着国际化大都市的节奏和气息。

福州乃至全省的综合交通枢纽中心正在加速形成。莆田至福州机场城际铁路（F2线）、宁德至福州机场城际铁路（F3线）建设，加快推进高铁进机场，携手南平、宁德、莆田、平潭着力提升闽东北航空枢纽能级，最终实现闽东北地市内乘客通过城铁可1小时到达福州机场、2小时内到达省内所有高铁站，真正让长乐区成为群众出行的畅通点、连接点、关键点。

"外网"串起老城新城，加速长乐城区、滨海新城与福州都市圈的融合。"内网"织就，实现城市"舒筋展骨"，织密城乡交通网络。

峡漳线营前至长限环岛段、爱心路、郑和中路、和谐路延伸段、会堂南路隧道、奎桥路等道路改造工程建成通车，一条条"动脉"实现蝶变，推动路网不断完善升级。

扬帆"一带一路"，长乐港口有了新节点——松下港区，福清湾深水航道二期工程航标调整作业圆满完成，15万吨级船舶靠泊指日可待，松下港区迈向大船大港时代……

时下，包括松下港区在内的福州港各个港区相辅相成，形成拳头合力，加强福州与"一带一路"沿线国家和地区港口航运交流合作，打造东南沿海国际航运枢纽大港，促进集装箱、散杂货、海铁联运、临港物流融合发展。以路相连，中欧班列、中老班列、"丝路海运"开行，"海丝""陆丝"无缝衔接，为福州开辟一条条国际物流新通道。

再提质！再扩能！福州港松下港区山前作业区17号泊位工程也顺利启动。该项目是2023年福州"丝路海港城"的重点项目，总投资5.1亿元，新建一个5万吨级通用泊位以及配套设施，岸线总长248

地铁6号线（赵马峰　摄）

米，陆域面积约204亩，是集散杂货、集装箱业务于一体的通用泊位，年设计通过能力为175万吨，2025年初建成投产。

与此同时，国道G228线长乐松下至福清元洪公路也启动建设，未来将贯穿松下港区，接入福州元洪投资区，为中印尼"两国双园"建设添砖加瓦。全线贯通后，将串联罗源、连江、长乐、福清等地，成为滨海新城、丝路海港城、国际航空城的重要通道。

紧抓数字经济发展大潮，长乐区加快信息港建设，以数字中国建设峰会为契机，大力发展数字经济。在东南大数据产业园，拥有移动、健康医疗、云计算等五大数据中心，省超算中心运算速度从每秒3000万亿次提升至每秒6000万亿次；引入省大数据公司、数字云计算等龙头企业，集聚"云大物智链"等数字经济核心产业，数字经济占GDP比重达到55%，数字经济核心产业占GDP比重达9.5%，均高于全国全省平均水平；园区注册企业超800家，形成了较为完善的数字经济产业生态，成为全省规模最大的大数据产业集聚区之一。

以数字经济赋能先进制造业，长乐区探索工业互联网打通产业链供应链操作链，加快传统制造业创新转型升级的步伐。恒申集团、永荣控股集团、长源纺织等一大批传统纺织企业上云上平台，实现了智能化、数字化。借助工业互联网数字孪生技术，传统产业实现全供应链与产品销售的管理与优化，平均减少60%以上的一线操作人员，节约能耗20%，构建更贴近市场、更精准、更快速的产品开发、制造和销售体系。

追随"东进南下 沿江向海"的号角，长乐多港齐发，迈出铿锵足音，为经济社会发展助上一臂之力。

长乐，山欢水笑的地方

● 张　茜

在长乐，您能看到山的欢喜、水的微笑。山为南山，水为洞江湖。

南山，因古时在县之南而得名，后辟作南山公园。初夏的上午，明丽的阳光倾泻大地，给万物涂上一层金色油彩。我撑一把遮阳伞，在南山公园里随意行走，走到一个花瓶门前，上勒字"棋苑"。四下环顾，树木蓊郁，寂静与阴凉填满了门前小园子。轻脚迈进棋苑，我便被眼前展开的棋世界深深吸引，从没见过哪个公园设有如此完整棋类的棋苑。军旗、世界象棋、中国象棋、围棋、跳跳棋、五子棋、飞行棋等，门内齐全地布设在一个绿树掩映的小园里，准确地说这真是一个棋苑。

棋苑上空榄仁树新叶初绽，蔚蓝的天幕成为它的底色，满树嫩黄小叶子，仿若千万只蝴蝶点缀在一根根伞骨似的枝条上，犹如一把巨型碎花布阳伞，活泼又可爱。这是遮在最顶层的那棵树，中层的有榕树、梅树，树冠饱满浓绿。原想这时节梅花早已凋谢殆净，但双眼还是下意识地搜寻于树冠。突然，一朵粉梅在浓密枝叶间，跳入我的视线，小姑娘般眨着毛茸茸的眼睛。我痴迷地望着它，回想它的清冽幽香，伸手拽开遮挡它的枝条，再拽开它附着的那根枝条。踮起脚尖，我像只太阳鸟，将鼻子凑向花儿，贪婪地眯眼、吸气。一个长长的嗅闻，梅花特有的不染纤尘的清香丝丝游进胸腔，随着慢慢呼气上升至脑海。睁眼继续寻找，一朵两朵，三朵，竟然还有三朵梅花隐匿于浓绿树冠里，在这样的季节。是它们喜乐人间忘归了？还是留恋这些棋盘棋子以及勒刻置石上的棋文化知识？

"一张一弛，文武之道。"用周文王、周武王治国之法，揭示棋艺精髓，耐人寻味，也吸引我踯躅徜徉于各类棋阵间。连长、团长、师长、军长、工兵……青石雕棋子，征战在青石雕棋盘上，镶嵌于地面，铺展在人前，将一场场烽火硝烟的战争模拟于一盘之内。盘旁矗立置石，上头也刻下棋，红子兵车马……绿子将相卒……演绎"单鞭救主""雪压梅梢""秦琼卖马"。

南山公园占地面积3000多亩，在原有地貌地形上设立出三环、八景的景观空间格局。三环即1.8千米休闲观景环、4.5千米健行慢跑环和3.7千米游览体验环，八景即文化观园、杜鹃花谷、运动天地、山樱花坡、梅花香岭、醉美桃坡、缤纷秋韵和七彩花田，建设成集"揽城观景、休闲娱乐、康体健身、生态保护、文化科教"等功能于一体，齐聚生态、活力、魅力的综合型城市休闲处。

相约三五好友或独自沿着登山人行栈道上山，渐渐没入碧绿的林海。相思树在悄声低语，交谈着国泰民安、五谷丰登的好日子。银杏树轻摇千万把袖珍扇子，将浓稠的负离子当作礼物，送给健步如飞的来客。

休闲观景环两侧拥有200多棵银杏、6亩茉莉花以及上百株桃花、樱花、玉兰花、梅花、紫薇、杜鹃花、蓝花楹。春季，桃花和樱花绽放；夏季，茉莉花、杜鹃花和紫薇迎风招展；秋季，银杏叶

南山步道（赵马峰 摄）

黄，与盛开的紫薇花相互映衬；冬季，梅花、紫玉兰迎寒盛开，香气扑鼻。美了以绿为底色的南山，美了亲近自然的来客，美了人们的生活。

塔山公园、长安公园、海峡公园、冰心公园、仁德公园、法治公园……走进长乐，抬脚就到一座座公园，绿地花团锦簇，树木郁郁葱葱，鸟雀啁啾，生机盎然。

"处处有绿树，处处有公园，我们的城市越来越美，市民幸福指数大大提升。公园景色宜人，是我们茶余饭后休憩漫步的好地方，城市林荫大道，清风送爽，心旷神怡。"市民陈女士笑靥如花地对我讲。

我开心地笑了。

南山公园也笑了，它端坐于丽阳之下，逶迤起伏，胸怀博大。之字形环山健步道的绿色围栏，犹如它护在胸前的"贝贝兜"。正在环山健步道上行走、小憩、嬉戏的人们，犹如它怀中的婴孩，一个个脸上焕发着幸福和生气。

我看见，与南山公园遥相呼应的洞江湖公园也是微笑的。

一条宽阔大溪进入长乐，在这儿沧海桑田地囤积出一方湿地，养育着周围次第突起的高楼，养育着需要清新空气的人们。

虽然不是周末，但洞江湖公园的陆坝上还是有不少人，多为年轻女性。她们有的搭起帐篷，有的围坐在亭子里，点燃户外烧茶炉，支起小桌子，铺开防潮地布，一个个着装、容颜都是那么漂亮。她们或在帐篷里围炉喝茶、吃点心、品茗，或沐浴阳光坐在地布上交谈。我闲走于步道上，感受着她们的闲适与幸福。她们笑着挥手向我打招呼："天热，过来喝口茶吧？"我笑着挥手致谢。

梅树占据着公园人工绿化的大部分，成片、成丛、单个，点缀于水边、沙洲。梅果青青，已经半大，毛茸茸的，我随手摘下一颗送入嘴里，嘎嘣脆，青味儿的清香带着原野气息，将我深深拥抱，久违的拥抱。分支的溪流桥头，守候着几株老梅，树身枝头探向水的空中，青果密密麻麻缀在枝上，充分显露湿地的肥沃。

洞江湖公园，有着英国自然风园林建设风格：顺应自然、维护自然。三叉港在这里日积月累地营造出一片湿地，藕片般，沙洲坝联结着一个个大小湖泊。园艺师只是顺着三叉港之意，补种花草树木，整个园子看起来是那么自然又原始。鸥鹭在这里翱翔栖息，从几十只到数百只，白花花的，如同雪白的花朵。大鱼儿小鱼儿，一点儿也不怕人，自在地游离在水里，甚至游到我脚边，探视我的鞋子是否防水。我俯身将手浸入水中，鱼儿竟然游进我掌心。我迷幻起来，仿若返回了远古的海洋家园。许久，许久，回过神来，我挥舞视线去向三叉港浩浩荡荡的水面，波光粼粼，我看见水在微笑。

长乐，山欢水笑的地方。

图书在版编目（CIP）数据

长安久乐:纪念长乐建县 1400 年/中共长乐区委宣传部,福州日报社,长乐区文学艺术界联合会编.—福州:海峡文艺出版社,2023.10
ISBN 978-7-5550-3442-1

Ⅰ.①长… Ⅱ.①中…②福…③长… Ⅲ.①中国文学－当代文学－作品综合集 Ⅳ.①I217.1

中国国家版本馆 CIP 数据核字(2023)第 156974 号

长安久乐——纪念长乐建县 1400 年

中共长乐区委宣传部
福州日报社　　　　编
长乐区文学艺术界联合会

出 版 人	林　滨
责任编辑	何　莉
出版发行	海峡文艺出版社
经　　销	福建新华发行(集团)有限责任公司
社　　址	福州市东水路 76 号 14 层
发 行 部	0591－87536797
印　　刷	福建东南彩色印刷有限公司
厂　　址	福州市金山浦上工业区冠浦路 144 号
开　　本	720 毫米×1010 毫米　1/16
字　　数	210 千字
印　　张	16
版　　次	2023 年 10 月第 1 版
印　　次	2023 年 10 月第 1 次印刷
书　　号	ISBN 978-7-5550-3442-1
定　　价	46.00 元

如发现印装质量问题,请寄承印厂调换